楽天家は運を呼ぶ

高橋三千綱

楽天家は運を呼ぶ

岩波書店

目　次

こうやって生きてきた。

楽天家の人生発見。

ゴルフは人生だ

人生いろいろ

目次

こうやって生きてきた。

青春者へのメッセージ

父が小説家であったので、小学生の頃から本には親しんでいた。ただ、家が借家であったので、本箱を置くスペースが限られていて、単行本の数はそう多くはなかった。源氏鶏太、山手樹一郎の著作物がその中でも面白かった。読みやすい文体だったのだろう。

好んで読んだのは、出版社から送られてくる月刊の読切小説誌だった。父の仕事柄、色物雑誌が多かった。それをまとめて、母と共に阿佐ヶ谷の古本屋に持っていって売った。昭和三十年代は、どんな雑誌でも古本屋は高く買ってくれた。

中学生になると、ルパンものや中国の物語を読む傍ら、ノンフィクションものにも手を伸ばした。私は少年向けに書かれた本が好きではなく、ことに著者の文章を、全く別の人が読みやすいように書き直した本などに出会うと、馬鹿にされた思いがした。マルコ・ポーロの『東方見聞録』を読んだとき、日本の部分が外されていて、編者はそのことについて「日本のことは私達日本人が一番よく知っているのですから、全文削除しました」と書いていた。中国での聞き書きであろうと、マルコ・ポーロが当時の日本をどう見ていたかが一番興味があったところなのに、ひどいものだと腹を立てたものだった。

中学生時代に読んだ本で一番印象に残っているのは、小田実の『何でも見てやろう』だった。一人の若者が無銭旅行さながらに、世界を旅し、考える姿に感動し、いつか自分も同じように世界の人々と語りたい、と痛切に思ったものだった。『何でも見てやろう』は内容も豪快だったが、小田実の文体が秀逸で、そのくったくのないユーモアに、通学の電車の中で大笑いをしたこともある。

高校時代は乱読で漱石、太宰治、谷崎と図書館に入りびたって何でも読んだ。世界ノンフィクション全集には感動するものが多く、勉強が手につかず、内容を思い返してはぼんやりすることがままあった。岩波の古典文学大系のうち『今昔物語』や『宇治拾遺物語』はアルバイトをして貯めたお金で買って読んだ。気負って、ヘミングウェイの『老人と海』を原文のまま暗記しようと試みたりもした。

その後、『何でも見てやろう』の影響を受けてアメリカに留学したため、日本の文学から数年間離れることになった。日本の物語に恋焦がれて、式亭三馬や三島由紀夫のものをサンフランシスコ州立大の図書館に置かれていた英文訳で読んでいたのだから、私にとってはつらい時期だった。

日本に戻ってきたのは二十一歳のときだったが、すぐには読書に没頭する訳にはいかなかった。

大学とアルバイト先との往復でぼんやりする時間などなかったからだ。そんなある日、調布近くの古本屋で漱石の『夢十夜』を見つけた。春陽堂版の文庫で、昭和七年の発行で、「夏目」という検印が押されていた。それをわずか十円で買って読んだ私は、再び漱石熱にうかされ、『文学評論』も含めて、全ての著作を読了した。そして、私の胸に残ったのが、『三四郎』である。

小説のモデルが誰であろうが、この小説は紛れもなく、漱石の青春への回顧がある。懐かしんでいるだけではなく、いつの時代にもある青春、その中で何色かに染まっている青春者へのメッセージが織り込まれている。その受け取り方は人さまざまだが、私にとっては、将来への夢を開いてくれた小説といっていい。師と友とそして、恋。つまり、それが私の夢であったのだ。むつかしい小説は苦手だった。三島の小説では『潮騒』だけが印象に残った。この物語も、私に夢を与えてくれた。

小説的堪能を味わったのは大江健三郎の『芽むしり仔撃ち』である。小説家は凄い、と思った。同年代であれば、とても作家など志せなかったと感じさせられる程の衝撃だった。最近では『長い長いお医者さんの話』が胸に残っている。

（一九九六年四月号）

至福の時間

風邪をひいて十日間ほど寝込んだ。医者にはいかず、薬も飲まずにただ寝ていた。枕元に、本を積み上げて、身体を横にして読んだ。熱のためすぐにまどろみ、小一時間ほどして汗びっしょりになって目をさまし、身体を拭って下着を着替えることを繰り返した。それほどしつこい風邪にかかったのは、初めてのことだった。その間一滴も酒を飲まなかった。

風邪がなおっても、ベッドの中で本を読み続けていた。本を贈呈してくれた方に申し訳ないという思いで読み出したのだが、面白さに引き込まれた。そして、一冊読みおえては、著者との気力の違いを思い知らされてため息をついた。

宮本輝氏の最新刊は『星宿海への道』だった。全集を数年前に出した後も、なおもひたすらに書き続ける彼の精力にはただただ驚嘆する。ほんまに病気なんかいな、と疑わしくなる。それに作品ごとに読者サービスともいうべき仕掛けをこらしている。小説のうまさに思わず唸り声をあげてしまう。彼とは同じ歳であり、デビューしたのも同じ時期だったが、彼の姿はこちらからは遥か彼方にあって、ますます遠ざかっていく。そう思うと、またため息がでる。

タフということでいえば北方謙三氏の右にでる作家はいない。かつて彼の書くハードボイルドものをたて続けに読んで、読者であるこちらが棘のある怒りを胸に抱えさせられて、外を歩くたびに腹を立てていたことがあった。その北方氏がいつのまにか時代小説を書くようになり、気がついたら『三国志』をぶちかまし、『水滸伝』が九巻までできている。その面白さは法外というべきもので、では今まで書かれた『三国志』は何だったのだという思いにとらわれて、ボー然としてしまう。

私は、実は本屋に行くのが苦手である。入った途端、積み重ねられた本の物量に圧倒されて、息ができなくなってしまうのだ。そこに私の著作が入る余地はなく、次から次へと出版する作家たちのエネルギーにぶちのめされて、目指す本を買うと、雨にうたれた子犬になったような惨めな思いで店を出てくるのである。

北方謙三氏の作品群を前にすると、ことに身の置き場がなくなる。単行本だけでなく、文庫本の棚には彼の作品が数十センチの幅で置かれていて、そのずっと隅についでのように一、二冊置かれている自分の本を目にすると涙がにじむ。なんとか頑張らなくてはと思うのだが、家に帰ると急にビールが飲みたくなり、その内日本酒になり、ブルドッグを相手にいつかきっと大作を書いてやるぞと吠えまくり、やがてそのへンに倒れ込んでしまう始末なのである。

悲しいことに本屋から戻ると、連続ドラマのようにその繰り返しになる。私は男谷精一郎という幕末の剣士の青春時代を、雑誌に連作の形で発表していたのだが、あと五十枚で終了するというときになって、パッタリと筆が止まってしまった。それから三年の月日がたったが、物語は中断したままなのである。

おもえば、男谷精一郎の曾孫という方が、八十八歳で亡くなられてからまったく書けなくなった。白い原稿用紙を見つめながら、自分はあの方に読んで欲しくて、男谷精一郎を書き出したのではないかと思っては嘆息している。しかし、それが逃げ口上であるのは自分が一番よく知っている。

北方謙三氏のようにタフにはなれない。彼のようにお金も稼げない。それでも深夜ふと一人で吹き出してしまうことがある。初めての私の出版記念会が二年前に開かれたとき、やってきてくれた彼が私の娘に「オレのこと知っている?」と訊き、二十歳の娘が「知らない」と答えると、彼はなにを思ったのか突然「おじさんは不動産屋なんだ」といった。家に届けられる北方氏の本を一瞥した娘がある日、あ、不動産屋さんが本を書いている、といってそのまま出かけていった。彼の活躍が悔しくて書いたのではない。そのふたつの光景を重ね合わせるとおかしくて仕方がないのだ。

北原亞以子さんの慶次郎縁側日記のシリーズも最新刊の「隅田川」で六巻目になった。第一巻の「傷」が一九九八年に出版されたとき、これほど長く続くとは本人も思っていなかったのではないか。ひそかにテレビでシリーズ化されるといいなと私は思っている。北原さんの努力と苦労を三十年間見てきた者として、彼女に幸運が訪れることを願っている。

それは私が二十二歳のときのことだった。ある同人雑誌の会合に初めて出席した私は、その日やはり初めて顔をだしたという十歳年上の女性と、合評会後の酒宴で同席になった。長老が数名残っていたので、彼女は豊かな身体を縮めるようにしていた。そのときだれかが、この人は第一回の新潮新人賞をとったんだと紹介した。それで私は北原亞以子というペンネームをもつ新進の作家を知った。

新人賞をとっていたにもかかわらず、北原さんは毎月同人会に出席していた。若い作家にとっては彼女は憧れの存在だったが、本人はエンターテインメントの方面に進出したがっていて、編集部との折衝に苦労をしていた。井伏鱒二のファンで自分の目標は直木賞だといっていた。しかし小説誌に作品が載るのは年に数回で、それもあまり評判にはならなかった。北原さんが少し注目を浴びるようになったのは泉鏡花賞を受賞してからで、新人賞の受賞から二十年がたっていた。「恋忘れ草」で直木賞をとるのはさらにそれから四年後だった。

もう一年早かったら、お母さんに喜んでもらえたのに、といって北原さんは悔しがっていた。お母さんが北原さんの心の支えだった。貧しい中で母を看取らなければならなかったことがつらかったようだ。そういえば北原さんはずっとお金で苦労していたように思う。

作家業という消長のはげしい世界で、何度も書き直しを命じられながらも、あきらめずに書き続けてきた北原さんを、私は同じ作家仲間として尊敬している。心臓に爆弾をかかえている彼女が、執筆の作業を続けるということは、命を削っていることなのだ。

十年前になるが、北原さんと芥川賞作家の笠原淳さんの三人で、根津権現下の飲み屋で飲んだことがある。あるとき私がふらりと入ってから、ときたま行くようになったのだ。そのとき江戸散歩の会をときどきやろうという話になった。その後まもなく北原さんは直木賞を受賞し、連日執筆で家から出られなくなった。私と笠原さんは北原さん抜きで根津の飲み屋で祝杯をあげた。

ここには金沢から上京してきて、まだジュニア小説を書いていた唯川恵さんもやってきた。北原さんもいて、先輩の作家を前にして、彼女は気の毒なくらい緊張していた。多分その頃のことだが、唯川さんの本を富山県の小さな街の本屋でみつけて買ったことがある。汽車の中で読みながら、これから先、出版界という厳しい世界で彼女はどうやって生きていくのだろうと思ったものだった。それが杞憂だったことは、「肩ごしの恋人」で証明された。

そういう人たちの作品を手にベッドに潜り込む。そして様々な思いを抱きながら文章を読んでいく。そこには本屋で抱かされるような焦燥感もなく、心地よいやすらぎに満ちている。一生こんなふうにして過ごしていきたい。そう祈るほど至福のときなのである。

（二〇〇三年四月号）

中上健次と会った夜

中上健次の名前は「日本語について」を書いた人として知っていた。「文芸首都」に発表されたその作品が、翌年、「作家賞」の優秀作に選ばれ、同人誌「作家」に転載された。私は名古屋が本部となっていた「作家」の同人ではなく毎月二百円払うだけの会友だったが、東京支部の会合には時折顔を出していた。

ベトナム戦争に参戦する黒人の陸軍兵とアルバイトで付き合う学生の「ぼく」の心情を描いたその作品は、とても丁寧な筆つかいで書かれていた。同時にその背後にとてつもない凶暴さが潜んでいて、ジャンプする前の恐竜のようなふてぶてしさを感じた。

それからまもなく私は二十七枚の短編を一晩で書き上げて「作家」に送った。同人でもない二十二歳の若造の、しかも「嘲笑った丸太ん棒」なんていうヘンテコな題の作品が載せられたのは、東京支部の支部長であった直木賞作家の藤井重夫の尽力のたまものであったが、自分に初めての小説を書かせた背景には、一つ年上の中上健次の存在があったような気がする。

中上健次と会った夜

初めて会ったのは彼の作品を読んでから五年ほど経った昭和四十九年の秋だった。勤めていたスポーツ新聞社の同僚と新宿二丁目のスナックで飲んでいると、隅の席からおーい、こっちこいよ、と声がかかった。その二人が狭い空間で差し向かいになって仲睦まじく飲んでいる姿はその前から目に入っていたが、私にはその二人に面識がなかった。それで知らん顔していると「おまえ高橋三千綱だろ、おれはS社の文芸担当だ」と編集者らしいひとりがいった。それでも動かずにいると、なおも呼び続ける。同僚が、おい挨拶だけでもしておいたほうがいいんじゃないか、といって押し出すので仕方なくそこにいった。その数カ月前に私は群像新人賞を受賞していたのだが、文壇的にはまったく無名で受賞第一作すら発表していなかった。だから私の顔を知っている編集者がいるということだけでも意外だった。

私が横に立つと、編集者はS社のMと名乗って名刺を差し出してきた。私は改めて自己紹介をして、もう一人の固太りの、なにもかもごつい感じの男を見た。おい、名乗ってやれよ、とM氏がいうとその男はふんぞり返って「おれ、ヴァレリィ」とのたまった。それまで彼の風貌から記憶が微かな刺激を受けていたので、それを試してみる気もあって、「そうですか。でも中上健次さんに似ていますね」といってみた。するといきなり彼の身体が崩れ、顔が照れ笑いで溢れた。そして「中上です」といって頭を下げた。座れよ、とM氏にいわれ、私は向かい合う二人の横顔を見る位置に座って飲み出した。

その晩ふたりは連れ立って私のアパートにやってきた。誘ったわけではない。どこに住んでいるのかと訊かれ、沼袋だといったら、二人はそれではといってついてきたのである。一人は小平で、もう一人は千葉に住んでおり、タクシー代がもったいないといっていた。丁度三十年前のその一夜のことを私はなぜか鮮明に覚えている。

アパートに戻ったのは午前二時だった。部屋は２Ｋで六畳間には布団がふた組敷かれていて、そのひとつに結婚したばかりの妻が寝ていた。Ｍ氏は相当酩酊していて、部屋に入るなり、もう寝るといって背広とワイシャツを脱ぎ、ズボンを穿いたまま空いている寝床に潜り込んだ。鼾をかきだしたのはすぐあとだったが、その鼾の前に、明日は六時三十分に起こしてくれ、それから朝飯の代わりに冷や酒を二合用意しておいてくれ、といった。

そのアパートには越してきて間がなく、とりあえず床板の四畳に机、書棚とソファーセットを入れていた。ソファーは向かい合わせのひじ掛けで、周囲には段ボールが積まれていた。中上はテーブルを押し、その大きな身体をテーブルとソファーの間に押し込んだ。そのソファーに人が座ったのは初めてだった。とても膝を入れるだけのスペースがあるとは思えなかった。

何を飲む、と訊いたらバーボンがあるかと訊きかえしてきた。バーボンはなかったので私たちはサントリーホワイトを水割りにして飲み出した。彼は部屋をぐるりと眺め、あれが机か、とぼそりといった。窓辺に木机があり、それは中学三年の時に生命保険の外務員をしていた母が買ってくれたものだった。以来二十六歳のそのときまで使っていた（ちなみに今も仕事場に置かれている）。そう説明すると、そういうことは大事だな、と呟いた。それから群像新人賞の賞状に目をとめ、あの賞はおれもほしかったんだ、といった。そのとき彼が「日本語について」という作品で群像新人賞に応募したことを知った。最終選考で落ちたんだと淡々としていった。あれはおれも読んだよ、そういうと彼はびっくりした顔になった。どうしてだ、と少しどもった感じで訊いてきた。それで二十二歳まで私が「作家」の会友であったことを話した。

「作家賞をとったのを読んだんだ。十万円の賞金をもらっただろ」

「五万円だった。優秀作なので半分だった」

「授賞式みたいのはあったのか?」

「ああ、あった。名古屋までいったよ。そのあと飲んだんだが、からんでくるやつがいるんで、そんなにぐだぐだいうんだったら、他の同人雑誌に出たやつなんか賞の対象にしないで、自分達だけでやってろといったよ。喧嘩になりかけたな」

「あの小説の主人公は純なふりしていたけど、内には相当な狂暴性を秘めていたな」

「そりゃ読み違いだよ。狂暴性なんかじゃない。ものを書かせる欲求に狂暴性なんか入りこむ余地はないよ」

そういうものかと思ったが思慮の浅い私は立ち止まらずにとことこと話をすすめた。今推理小説を書いているといったら、お前そんなことしていていいのか、と彼はあきれた面持ちでいった。「天真爛漫というかなんというか……」と何ごとか呟いてから私の新人賞受賞作品の「退屈しのぎ」の話をしだした。彼は文芸賞の下読みをしていて、読み手としては一流だと自分でいった。

「読んだ時、あ、こいつ引っ掛けやがったな、と思ったよ」

「引っ掛ける？　何を」

「下読みの連中やら選考委員をだよ。わざとキワもののふりをして挑発していたからな」

思い当たるふしのあった私は憮然とするしかなかった。

「それでは中上さんが下読みしたら、落とされていたな」

「A推薦で出したね」

間髪を入れずに彼はそういった。思いがけない返事にポーッと茹だった気分でいるとさらに
「これはという作品はすぐに分かるもんだよ、ああいう作品に下読みが出くわすことなんてめったにないよ」といった。私は全身が嬉し色で染まった。いいやつだと思った。この夜の記憶が色褪せないのは、そのときの中上の一宿一飯のお礼ともいえるお追従の所以である。

私は彼の座っていたところから死角になっている本棚の中から、買ったばかりの「十九歳の地図」を取り出して彼の前に置いた。

「む」と彼は呻いた。これはよ、といって喘ぐように顎を回した。でも何もいわなかった。その作品が前年度の芥川賞候補になっていたことを私は本を買って初めて知った。あの「日本語について」の作者はもうそんな遥かなところまでいっていたのかと思っていた。

「芥川賞の候補になっていたんだな」

「ああ」

「とれると思っていたかい?」

「いや、全然。発表の当日どこにいるか知らせろと訊いてきたから家にいると答えておいたよ。忘れていた訳じゃないが、誘われたんで海に泳ぎにいっていたんだ。背中が日に焼けて痛くてな、それで裸になって夕飯食っていたら電話があった。残念なことに今回は、とか暗く沈んだ声でいっていたよ。ああ分かりましたといって電話切って飯食い続けた。どっちにしろいい気分じゃなかったな」

候補にはされたが、受賞できるとは思えない理由があった、そのように私には聞こえたが、そのことについてはそれ以上中上は何もいわなかった。私は万年筆を取り出し、彼にサインをしてくれるように頼んだ。彼はまた照れくさそうに頰を丸めた。

「来年本が出る。送るよ。これから出る本はみんな送る」

彼は肩を丸くすぼめてサインをしながらそういった。

六時三十分になってM氏を起こし、酒をだした。その少し前に目を覚ました新妻は、隣で寝ているのが見知らぬ男であるので相当驚いていた。そのびっくりした表情を張り付けたまま中上に挨拶をし、たまげた様子でデパートに出勤して行った。私は中上に少し寝るようにいった。なかなか頷かなかったが最後に分かったというようにM氏の寝ていた布団に仰向けになった。寝ていたのはわずか十分ほどだった。むっくりと起きてくると少し酒を飲み、出勤するM氏と一緒に出て行った。これからフォークリフトを動かすのだといっていた。大変だなというと、「肉体労働がおれには合うんだ」と少年のような目をして嬉しそうにいった。

それから彼が芥川賞を受けるまでの一年間、申し合わせて会ってはよく飲んだ。飲み代を捻出するため、ある作家の全集を国分寺の古本屋に持ち込み、酷評された上に買い値を相当叩かれたとぐったりしていたこともあった。

固い殻をぶち破るごとく、朝まで文学を語っていた中上の熱気がいつも隣にあった。彼自身が文学だった。

ある晩、新宿の酒場で坂口安吾の話を二人で大分熱心にした。そのあと、私は知人を見つけて席を少しはずした。その間に彼は隣に坐っていた女を殴ってしまった。ゴールデン街の路上で胸をそらし、「オレは新宿で一番強い男だ」と吠えていた。この殴打事件は裁判になりかけたが、五十万円の賠償金ですんだ。その間の彼は意気消沈しているように見えた。

中上健次はそのあとずっと著作本を送ってきてくれた。彼が亡くなったあとはかすみ夫人が送ってくれた。それはいま私の本棚にあって、漂泊の夢を見ている。


（二〇〇四年九月号）

個人再生を夢見て

人はいくつになっても夢を語れるものなのだろうか。いや、いくつまでなら、夢を語っても笑われることがないのだろうか。

そういうことを五十八歳の誕生日の日に考えていた。おまえの夢のことなどだれも興味がない、ときっとみんなからいわれることだろうなと思いながら、自分の夢は個人再生をすることだなといいきかせていた。

これは私が借金地獄に陥っているとか、闇金融業者から追いかけられているということではなく、作家としての再生を夢見ているということなのである。

私は自分が世間から忘れ去られた人間であるということが分かっていても「ま、いっか」で済ませてしまう楽天的な男なのだが、昨年一年間で書いた小説がわずか百八十枚となると、これはさすがに悲惨な状況だなと思わざるを得ない。

仕事をしないのは、酒を呑んでいる時間が長いからである。二日酔いで朝を迎え、夕方までに二度昼寝をして、暗くなると小料理屋のカウンターで熱燗を呑んでいるのだから身体から酒の抜ける暇がない。近くの医院で検査を受けたら、γ-GTPが1020にもなっていて、これは久しく見たことのない数字だと医者からあきれられ、自分にとっても最長不倒距離だといったら肝硬変にリーチがかかりますよとたしなめられた。

糖尿病なのでいつも身体がだるい。たまに固形物を口にすると、一時間ほど横になってからでないと次の行動がとれない。その行動にしたって新聞を読むことくらいのものなのだ。指が震えることもあり、爪を切るのに一苦労する。

すべて酒が原因なのだが、これがやめられない。いきつけの小料理屋では私の名前にちなんで「三千盛」という酒を仕入れてくれている。五日間で四本が空になる。酔っぱらって家に帰ってくると、妻と母が不安そうな顔でそこいらに立っている。その傍らでブルドッグが不機嫌な面で構えている。

九十四歳の母に向かって、先立つ不幸をお許し下さいとは横着者の私でもいえないから、コソコソと寝室のある二階に昇っていく。足がもつれて寝室までたどりつけず、踊り場で眠ってしまったこともあった。

仕事をしないのだから収入がない。企業のマトリックスに分類すれば、債務超過、営業赤字の状態にある。個人秘書がついてきてくれるのは、彼女のボランティア精神のあらわれである。

そんなこんなで五十八歳の誕生日に再生を誓った。まず、六十歳の誕生日までに小説を三冊出す。エッセイを二冊。合計五冊。その内の一冊くらいは十万部を超えてくれるだろう、とお気楽なことを夢想していた。ご機嫌になっていたのは、酒を呑んでいたからである。

生活費は、会社を上場させて大金持ちになった幻冬舎の見城徹に借りるか、株の売買でひと山当てるかすればなんとかなる。そうだ、夢の三連単で一〇〇万馬券を当ててみるのもいいかもしれない。

そんなことを考えていい気分になった翌朝の膳には、ビール瓶が置かれていた。インスリンを脇腹に打ち込んだ後、五十八歳までたどりついたお祝いだと呟いてグラスにビールを注ぐ。そして嬉しいことに、その瞬間から、その日一日を、幸せ色に染めあげられて過ごすことができるのだ。

ベッドに再び横になった私が夢見るのは、スコットランドをひとりで旅した五年前のことである。その頃はまだ元気だった。旅をしようという気力があった。車を運転して見知らぬ町に入り、ゴルフ場を訪ね、たまたま一緒になった人とゴルフをする。

荒涼とした光景の続く北端をいき、一日の内に四季のあるスコットランドの気候の洗礼を受け、くたくたになって小さなホテルにたどりつく。そこの主人が料理してくれたローストビーフに舌鼓を打ち、スコッチを呑む。

スコットランドにはどの町にもゴルフ場がある。排他的な名門クラブでない限り、いついってもプレイをさせてくれる。あれは、ブロアというゴルフ場だった。夕方近くにいったら、もう客はいないのでひとりで回ってくれといわれてすぐスタートした。

海につきでた草原のゴルフ場で、風がきつかった。空には厚い雲がかかり、遠くの雲はどす黒くなって垂れ下がっていた。さびしいはずなのに何故かあたたかい雰囲気に取り巻かれている。それは山羊たちの姿がコースに点在しているからだった。ティインググラウンドに佇んでコースを望むと、フェアウェイに山羊が何十頭と出ている。草を食っているのもいれば、真ん中で座り込んでいるやつもいる。

ボールを当ててしまっては可哀相なので、オーイ、打つぞーと声をかける。何頭かはのそのそ動きだすが、全然無関心のやつもいる。それで山羊に当てないように神経を集中させて、あいた隙間を狙ってティショットを打っていく。

ボールはドローを描きながらフェアウェイに落ち、山羊の間を転がっていく。二打目地点では山羊が私を待っていて、アドレスに入る私をじっと見ている。私の打ったボールはグリーンをとらえてピンに寄っていく。

ようしやったぞ、バーディチャンスだ、と私ははしゃぐ。しかし拍手は起こらない。山羊どもはつまらない顔をして、ゴルフバッグを担いで去っていく日本人を見送っているのだ。

ティインググラウンドに何頭もの山羊がいたホールもあった。そこでも私は快心のショットを打った。しかし何の声もかからない。見ているのは口のきけない山羊どもなのだ。

フェアウェイに向かいながら、寂寥感に襲われていることに私は気付く。いくら山羊の目に取り巻かれていても、相手はゴルフの楽しさを丸で分かっていない家畜なのだ。一緒になって喜んでくれることは決してない。

自宅のベッドに横たわり天井を眺めながら、しかし、面白い体験だったと胸の内で呟いている。パー3のコースではあわやホールインワンの好ショットが出て、グリーンを取り囲んだ山羊の群を見ながら、思わず「入るなー」と叫んだことも思い出した。それでひとりでにやにやする。

スコットランドではあちこちのカジノにも顔を出した。老人たちが多く、一ポンド、二ポンドと少額の賭けで楽しんでいた。バーにいくと歳をとった女たちが、厚く化粧したすさまじい顔で迎えてくれた。あたしの胸は一メートルもあるのといって、両手で自分の胸をつかんでいた大柄な女もいた。リバプールの町で出会った女とは、ロンドンで再会を約束したものだった。

ロンドンからパリに渡り、ドーヴィルに足を伸ばした。競馬場のある静かな町は八月になると様相を一変した。世界のあらゆるところから金持ちが集まってきて、夏のフランスを堪能していた。

ここで出会った女におかしなやつがいた。あるときホテルのテラスからゴルフ場を見下ろしていると、「ああ、あなたなのね」と声をかけてきた若い女がいた。ちょっとこぎれいなフランス人だった。

「フロントでひとりで泊まっている日本人がいると聞いたからどんな人かと思っていたの」

女はそんなふうにいって私の隣に佇んだ。六本木に事務所のある広告代理店で働いているとかで、夏休みでパリに帰ってきたばかりだという。そんなことを話していると、どこからか小太りの男が現れてきて、どこにいたんだ、ずっと捜していたんだと目をぎょろぎょろさせていった。女は、この人は幼なじみで、パリからここまで運転してもらったの、と説明した。昨日の夜中に突然ドーヴィルに行こうといいだすんだから参っちゃうよ、と男は文句をいっていた。

その日、そのふたりを連れてカジノで遊んだ後、海岸にいった。水着を持っていなかった女は、ブラウスを脱ぎ、ブラジャーをはずして遠浅の海に向かって走り出した。私は男に、おい、追いかけなくていいのかといった。逡巡のあと、彼女はいつもトラブルの元なんだと呟いて、女の後を追いかけていった。しばらくして女は上機嫌で戻ってきて、ズボンを穿いたまま海に飛び込んだ男は赤い目をしてふてくされていた。

その男女は翌日パリに戻っていった。数日後にパリにいった私は連絡をとって女と会い、夕食をとった。明日はロンドンに戻ると私がいうと、じゃああたしもロンドンにいくと女がいった。しかし、待ち合わせの場所に女は現れなかった。夕食のあとでディスコに行こうという女の誘いを断って私はホテルに戻ったのだ。女は夜通し踊り、そのままどこかで沈没してしまったのだろう。女が約束を守るとは思えなかったが、汽車の発車する時刻になっても女が現れなかったときは、ちょっと落胆したものだった。

そういう様々な場面を思い出しているのが、私の夢の時間だった。そのような旅をするにはまず体力をつける必要があった。家の階段を昇ることもできずにいる私には遠い光景だった。

昨年、スポーツジムの会員になった。少しは筋肉をつけなくてはゴルフもできなくなると思って入会したのだ。だが、ボディコンバットという初心者マークの出ているクラスに出た私は仰天した。ボディ・コンバットを、ボディコン・バットと聞き間違えた私は、ボディコンのネーチャンがバットマンみたいに逆立ちでもするのだろう、と酔った頭を振りつつ参加し、そこでキックボクシングを三十分間みっちり仕込まれ、へろへろになって家に戻り、それ以降一度もジムには顔を出すことなく、会費だけを払い続けているという軟弱さなのだ。

夢の出版、夢の旅を実現するには自己改革を決断して、身体を再生する必要がある。だが、だれにでも簡単にできることが私にはできそうもないのだ。

それでももしかしたら、この男にも根性が残っているのかもしれないと期待するものがある。それは陶芸家の河井寛次郎がいった言葉に激しいショックを受けたからである。河井はこういっている。

「この世は自分を見に来たところ。この世は自分を発見しに来たところ。新しい自分が見たい。仕事する」

私も新しい自分を見たい。夢を現実のものとする私自身を見たい。

息子を見て笑顔を浮かべる母を見たい。それが親孝行というものだ。そう思うからである。

（二〇〇六年五月号）

一〇五円のアドベンチャー

賃借している仕事場から、旧甲州街道沿いに、数分歩くと、大國魂神社に出る。信号にしてふたつ目である。ここの広くて長い参道を、早朝歩くと、濁っていた頭がだんだん澄んでいくのを感じる。欅の梢が揺れるのを見上げると、まだ生きていたんだなあ、と感銘に近い感慨を覚える。

神殿の前ではいちおうパンパンと手を打って頭を下げる。願い事をしては罰が当たるので、ただ、ありがとう、とだけ礼をいってそそくさと前を離れる。酒臭い息を、神様に気取られては、ヤバイ、という防衛本能が働くからである。さっき、頭の中が澄んだように感じたのも、やはり錯覚だったな、と腹の中で冷や汗をかきながら、神殿の裏手に回る。

そこには奥の院があるのだろうが、高い塀に囲まれていて、よく見えない。裏手にいくのは、樹齢八百年を越す銀杏の大木に挨拶をするためである。樹木に触り、頰を寄せて、おはよう、と声をかける。昼間では、いつなんどき人が現れてくるかわからないので、そんな滑稽なことは恥ずかしくて、できない。いつだったか、薄気味の悪い様子の男から、木に顔をくっつけて何かいいことがあるんですか、と訊かれて「むむ」と唸って、そそくさと立ち去ったことがある。樹木からの返礼はないが、私はそれだけで、なんだが霊気が身体中に行き渡った気になって、いい気分になるのである。それから、神社に湧き出ている水を飲んで、部屋に戻る。

早朝は部屋から神社まで、立ち止まることなく行き着くのだが、昼頃となるとそうはいかない。一番目の信号を渡ったところに「関所」があるからである。

といっても、突き棒を持った小役人が突っ立っているわけではない。そこには中古DVDと古本を売る店があって、店内には新古本が置かれているが、通りに面した壁際にも棚をつくって、古本を並べている。主に単行本だが、新書や文庫、漫画本もあって、どれでも一冊一〇〇円、消費税込みで一〇五円という乱暴ぶりである。

なぜ、乱暴かというと、かなり著名な作家や学者が書いた本も、雨ざらしに近い状態で置かれていて、「えーい面倒だあ、どれでも一〇五円だあー、もってけ泥棒！」とさけんでいるように感じられるからである。

その中に掘り出し物があるかもしれない、と思うと、簡単には素通りできない。だからこの本棚は、私にとっては関所なのである。

大抵の本は五年から十年近く前のもので、私は経済物とか株式投資の本といったものを、好んで買う傾向がある。たとえば、ＩＴバブルは九八年の終わり頃からはじまったが、これを予想した学者はどれだけいたかとか、バブルが崩壊した二〇〇一年に出された投資本で、誰がそれを警告していたか、などを知るのが面白いからである。そんな本は、新刊専門の書店には、もう置かれていない。

そういったあざとい投資本は、大抵読んだら、「アホー」と声をはなって、捨ててしまう。竹中平蔵という人が、大臣になる前に書いた経済入門本などは、まさに一〇五円にふさわしい内容であった。郵政省の民営化を説いていたが、肝心の財政投融資の無駄遣いについては書かれていなかった。勿論すぐに古雑誌のリサイクルに出した。トイレットペーパーになって還っていらっしゃい、というわけである。

捨てずにとってあるその手の本もある。『銀行の破産』『日本国債（上下）』『犯罪銀行ＢＣＣＩ』『法律事務所』『ハイスピード戦略』等である。知る人が聞けば、えっ、それが一〇五円で売られているの、と驚いたり無念がったりすることだろう。

『大破局』では、投資銀行のモルガン・スタンレーで、デリバティブ（金融派生商品）を売りまくっていた連中が、いかにあざとく儲けていたかを知った。これは九八年に出された本だが、日本の大和銀行、住友商事、ヤクルト、などが各社数千億円の損失をだすにいたった経過が書かれている。だが、結局、デリバティブとはどんなしくみになっているのか、といった根元的なことはさっぱり分からなかった。分かったのは、連中は詐欺師であるということである。そういえば『詐欺師入門』という本も一〇五円で買って、私の本棚に置いてある。なんで、こんなタイトルの本を大事にとってあるのか、そう自問することは、私自身タブーにしてある。自分の胸の底など、おっかなくて覗けるものではない。ま、そのテの本を読むのもアドベンチャーの一種である、といっておこう。

この本をこんな場所にさらしておいてはいかん、と怒って買うこともある。

びっくりしたのは、新潮日本文学が、ドーンと十冊並んでいたのを見たときである。周囲に誰もいないのに、あわてて全部購入した。部屋まで持って帰る間、私の開高健様が、室生犀星様がと思って、涙ぐみそうになった。ふたつのプラスチックバッグが重く、引きちぎられそうだったのを覚えている。

唯川恵さんの『愛がなくてははじまらない』も目にとめたときは、すぐに手にした。この本は唯川恵さんが、直木賞をもらった直後に、受賞第一作というふれこみで出版されたものだが、実はその一年前に連載が終わっている。唯川さんは、本を出す度に律儀に私に送ってくれる。古本屋で買った本には、すでに帯がなくなっていたが、自宅の本棚にある本には、ちゃんと帯がついている。そっちは唯川さんからの贈呈本で、唯川さんの自筆で「よかったら読んでください。ちょっとゾッとしていただけるかも」と書いてあった。

そのときは、『燃えつきるまで』という本と二冊を同時に送ってくれたのだが、私は読まなかった。どうも女性の書く、恋愛エッセイものを読むのが苦手なのである。

唯川さんの本を古本屋で買ったときは、部屋に帰らず、隣にある寿司屋に入って、生ビールを飲みながら読み出した。そこには、彼女の恋愛体験が、赤裸々、というほど告白的なものではないけれど、かなり正直に書かれていた。読み進めながら、へえー、あの頃の彼女は、こんな経験をしていたのか、と思い出したりしていた。

唯川恵さんを知ったのは、私がある出版社が主催するジュニア小説賞の選考委員をしていた頃で、二十年ほど前のことだ。その授賞式に前の受賞者である彼女も出席していた。初めて紹介されたとき、長身を明るいパンツルックに納めて、きつめの化粧をしていた唯川さんを、なんか宝塚出身みたいな人だな、と思った。

当時唯川さんは金沢に住んでいて、たぶんもう銀行勤めはやめていたと思うのだが、私が講演会にいくと、もう一人のジュニア小説の受賞者とふたりできてくれたことがあった。たしか、唯川さんが金沢にいる間に、三回金沢にいく機会があったと思う。そのうちの一度は、小説の取材で編集者が同行したのだが、みんなで東の廓にいって芸者をあげて飲み明かし、出費が莫大となって、担当編集者が始末書を書かされた。そのことを唯川さんはとても申し訳ながっていて、私たちまで図々しくついていったからだ、と詫びて、編集者にあやまりの手紙を書いたという。

その唯川恵さんが東京に住んで、ジュニア小説ではない、エンターテインメントの小説を書き出したと聞いたとき、大丈夫なのかな、と私は心配した。消長の激しい小説界で、気持ちのやさしい唯川さんが、果たして生き延びられるだろうか、と危惧したのである。彼女はその頃私の事務所のあった笹塚の飲み屋にも何度かやってきて、普通の人の舌ではとても味わえない女将のひどい料理を、おいしいですといって食べていた。なぜ、エンターテインメントに転向したのだ、と訊いた私に、「ジュニア小説では、もう売れなくなったんです」と彼女は血の気の失せた顔で答えていた。

私の心配が杞憂であったのは、唯川恵さんの、その後の活躍が証明している。それどころか、私のほうが小説界で身の置き場がなくなった。アホー。

ところで、生ビールを飲みながら読んでいた『愛がなくてははじまらない』には、こんな一節がある。

「私をよく知っている人は、私がマニキュアをしているとすぐこう言ったものだ。『あ、好きな男できたね?』。うん。何てわかりやすい私だったのだろう」

そういえば、おれと会っているとき、唯川恵がマニキュアをしているのを見たことはなかったな。

そう思い出すと、生ビールが急に味けなくなった。

筒井康隆さんの『新日本探偵社報告書控』もここの本棚で手にした。スーパーヒーローが登場する探偵物語かと思ったら、実直な探偵社の話で、読み通すのに時間がかかった。筒井さんの『文学部唯野教授』にあっさり降参した私は、それ以来、筒井さんの書かれた物をよく読むようになっていた。

『新日本探偵社報告書控』を読んでから少したって、私はダービーの日に、東京競馬場で筒井さんご夫婦とお会いしたのだが、さすがに、一〇五円で本を買ったとはいえなかった。奥さんが

「筒井は、作家より、俳優になりたかったんですよ」と話すのを、ただ頷いて聞いていた。その間、隣に座った筒井さんは、黙って馬券を検討していた。その静けさは、不気味ですらあった。

小林よしのりさんの『新・ゴーマニズム宣言』が五巻そろって並んでいたので、みんな買った。内容も面白く、感服もしたが、それより、小林さんの勤勉ぶりに感心した。とにかくよく勉強し、絵に工夫をこらしている。たとえば、佐高信という評論家が、官僚の卑しい姿勢を激怒して叩いている絵の傍らに、田原総一郎とおぼしき人物が、ニマーとしている似顔絵をいれているのである。

近頃最大の掘り出し物は『「断腸亭」の経済学』である。これは元日銀マンの吉野俊彦という人が永井荷風の日記から、その経済、金融通ぶりを詳細に検証したもので、五五〇ページに及ぶ労作である。この本を読み終えた私が一番こたえたのは、荷風は自由に好きな小説を書くために、莫大な貯金をしていた、というくだりである。

一〇五円を支払って、アドベンチャーの旅に出たつもりの素浪人作家は、ビールを飲む手を下ろして、ただただ俯くばかりであった。


（二〇〇七年十月号）

ふにゃふにゃ

平成十九年の十二月十一日、八王子では夕方からみぞれが降った。

その日、知人の会社のゴルフコンペに誘われて、稲城市にあるゴルフ場で球打ちに興じた。プレイ中、幾度か身震いをした。雪になるかもしれないと思うほど空気が凍てついていた。

終わって府中の仕事場にいったん戻って荷物を置いた。そのあと馴染みの小料理屋にいって熱燗を呑んだ。うまい酒だった。「身の底の底に灯がつく冬の酒」(川上三太郎句)と口ずさみながら、いつもの定連客と一緒に酔いしれた。

自宅のある八王子の駅に着いたのは十一時過ぎだった。愛犬のブルドッグ、ブル太郎と会うのが楽しみだった。八、九日と仕事で宮崎に行き、東京に戻った九日の夜は翌日のゴルフに備えて仕事場に泊まったのでブル太郎と会うのは三日ぶりだった。だが、いつもは家人と一緒に駅まで迎えにくるブルドッグが車に乗っていなかった。どうした、と訊くと、家人は要領の得ない弁解を口の中で呟いた。

玄関にもブルドッグの姿はなかった。タクシーで帰ったときなど、耳ざとく母の部屋から飛び出してきて、玄関の敷居に狛犬のように踏ん張って待ちかまえているのだ。皺だらけの顔の中にある二つの瞳が、線香花火を呑み込んだように動転しているのが分かる。それから私が靴を脱ぐのを待つのももどかしげに頭突きをかましてくる。この辺が他の種類の犬とは違った。

だが、その晩は何か不吉めいた予感が私の胸をかすめた。それをふっきるように居間のドアを開けた私の目に飛び込んできたのは、ふやけたようになったブル太郎の姿だった。顔が真っ白になっていた。茶色い毛の部分も漂白されたように色あせていた。肘掛けのあるブル太郎御用達のソファに座って私を見ていたが、焦点が合っていなかった。泣きはらした後のようなしょんぼりとした表情をしていた。ブル太郎を撫でたがまるで反応がなかった。

今度はゆっくりと家人の説明を聞いた。家人は経営している雑貨店の都合で、いつもより一時間早い午後の三時頃に犬を散歩に連れて行った。それから仕事に出た。犬が台所のドアを押し開けて裏庭に出たのは午後四時頃だったらしい。何故、出たのかわからない。用便が足りなかったのかもしれない。その頃、みぞれが降り出した。いったん外に出た犬は自力では家の中に戻れない。それで中にいれろといつも吠える。

このときも吠えた。だが一カ月前に九十六歳になった母は、耳が遠くなっていた上にテレビの音に邪魔されて犬の吠声が聞こえなかった。犬は三時間以上みぞれの降る屋外にいた。家人が戻ってきたのは午後八時だった。絶望的な犬のなき声があたりに響いていた。急いで台所のドアを開け、犬を中に入れたが、そのときにはぐったりしていて歩く気力もなかったという。必死で犬の体を拭き温めたが反応は乏しかった。動物病院に電話したが虚しいテープの応答があるだけだった。

私は居間に戻り、打ちのめされた犬のぬいぐるみのようになって寝込んでいるブル太郎の体をそっと抱いた。芯から冷え切っていた。その犬の体を、足を、私は一生懸命さすった。このまま死んでしまうような気がして、何度か犬の名を呼んだ。午前三時までそうしていた。

翌朝、動物病院に連れて行った。肺炎にかかり、心臓が衰弱していた。犬はそのまま入院した。五日後の十六日は日曜日だった。その日一日だけ退院が許されて、犬は昼頃家に戻ってきた。家の門から玄関までの石段を、犬を抱いて私は上ろうとしたのだが、三十キロの体重を支えきれなくて腰が砕けた。犬は危うく石段に顎を打ちつけそうになった。酒のせいだな、と私は思った。

玄関に犬を入れると母がよろよろと出てきて、よかった、戻ってきたんだね、といって涙を拭った。もう回復の望みがないから、院長が最後の別れの時を与えてくれたんだ、とは私はどうしても母にいえなかった。ブル太郎は居間に入ると定位置である座卓の下にもぐって、敷毛布に腹這いになって眠りだした。

午後七時に再び犬を病院に入院させた。院長が抱いて入院室に連れて行った。そのとき、院長の肩に顔を預けたブル太郎と視線があった。なんだか、あきらめたような目をしていた。

ブル太郎の容態が急変したのは、その一時間後だった。知らせを受けて駆けつけたがブル太郎はすでに心臓が停止していて、処置台に横たわっていた。家人は声をあげて泣いた。その冷たくなった愛犬を抱いて家の石段を上るとき、すべての力を喪失してしまった私は犬を抱いたまま石段に突っ伏した。しばらく立ち上がれなかった。

ブル太郎をいつも寝ていたソファに置いて、家族で通夜をした。肘掛けに顔を乗せたブル太郎はまるで寝ているようだった。家人が寝たあと私は燗酒を呑みながらブル太郎のことを思い出していた。生後二カ月で母親から離されて、釧路から羽田までひとりでやってきた十一年前の厳冬の夜のこと。玄関でペットケージから出すとき犬の震えが私の手に伝わってきたこと。わずか半年で風格のあるブルドッグに成長し、母では散歩ができなくなったこと。私がいない夜は深夜廊下を徘徊して女三人の家を護衛してくれていたこと。散歩の途中で私と会っても素通りしてしまうユニークな性格で、その実、その風貌からは想像できない愛情深い気持ちを家人に抱いていたこと。そのブル太郎をモデルに、オオタカとの友情を書いた『明日のブルドック』(草思社)というファンタジーっぽい小説を上梓できたこと。

通夜から二週間というもの、私はブル太郎の思い出に埋没しながら酒を呑んだ。母が徹夜で料理してくれたおせち料理にもほとんど手をつけられなかった。もうゴルフはやめようと、みぞれの日を恨みながら決意もした。酒場の知人たちがそんな私を激励するために一月五日、六十歳の誕生日会を開いてくれた。ありがたかったが酒を手放すことはできなかった。

十日ほどして、ブルドッグを飼っている永谷園の副社長永谷明さんと夕食を共にした。ブルドッグを通じて知り合った方だった。十歳年上の永谷さんは食事の終わりにしみじみとした顔でいった。

「私も前の犬が死んだ時は落ち込みましてね。仕事が手につかないときがありました。妻も病気になる程でした。それでも、あんな悲しい思いは二度としたくないので、もう犬は飼うまいと思っていたんです。そんなとき、ある坊さんと会いましてね。もし前の犬を愛していたのなら、もう一度犬を飼いなさい。嫌っていたのなら二度と飼うのはやめなさいといわれたんです」

その方はもし興味が湧いたらと、ブルドッグ専門のブリーダーの方の名前を教えてくれた。数日間逡巡した後、私は家人を伴ってそのブリーダーのKさんを埼玉まで訪ねた。犬舎にはブルドッグばかり二十頭ほどいた。家の中には子犬が何匹かいた。その中に優雅な佇まいで段ボールの肩に片手を預けて周囲を眺めている子犬がいた。顔立ちがよく、耳も牡丹の花弁のように形よく垂れていた。ほかの子犬がちょっかいを出してきても、毅然とした態度を崩そうとしなかった。その高貴な雰囲気をみて、これは雌犬ですか、と私は訊いた。そうです、とKさんはこたえた。

「これは特別の犬です。別に宣伝するわけではないのですが、十年に一度の傑作です。群を抜いています。うちでは売らずにここにおいて繁殖用に育てようと思っているんです」

飛行機でのブルドッグの輸送はその頃からむつかしくなっていた。一年前から外国からの輸送は全面禁止となっていた。ブルドッグは鼻腔がせまく、そのため輸送中の事故が絶えなかった。繁殖につかえるブルドッグの雌は百万円以上の値がついたから、航空会社としても事故保証金に頭を悩ませていたのだ。それだけブリーダーたちは、日本で育てられる雌犬を鵜の目鷹の目で探していたようだ。

しかし、雌犬を飼うことを考えていなかった私たちは、その犬が独特の雰囲気を持っていると分かってはいたが、すぐには食指が動かなかった。ブル太郎の迫力のある筋力と、人間に媚びることのない圧倒的な存在感を溺愛、敬愛して十一年間を過ごしてしまったのである。ブル太郎に替わる幻の雄を求めていた。それにそのときは、まだ骨がすわっていないから、ということで子犬を抱くことができなかったので、なんとももどかしい思いで眺めていたのだ。

「いつ頃抱けるようになるんですか」

「一カ月は必要ですね。この子は生まれてまだ一カ月ちょっとなんです」

「いつ生まれたんですか」

「えーと、去年の十二月十六日ですね」

それを聞いて私たちは思わず息を飲んだ。ブル太郎の亡骸を抱いて石段をよろけて上った同じ日の夜のことが思い出された。私も家人も神妙になって、もの珍しげにこちらを見ている子犬を見つめ返した。

一時間後、その子犬を購入できることになって、私たちはいくばくかの不安と大いなる希望を抱いて家路についた。近頃とみに衰えてきた母へのいい励みになると思っていた。

一カ月後、子犬を連れにKさん宅を訪れた。小学生の娘さんが、かわいがってね、といって赤くなった目を向けてきた。私は頷いて段ボールに入った犬を車に乗せた。その後、その娘さんと私はペンフレンドになった。成長した「氷見子」の写真を送るたびに返事がきた。

優雅だった子犬はお茶目な子になり、十カ月後には生理も経験して来年にはママになるだろう。母は昨年九月に亡くなったが、氷見子がきたことで気持ちは明るくなった。その母は生前、氷見子を抱きながらよくこういっていた。

「この子、ブルちゃんにくらべると、なんだかふにゃふにゃしているねえ」

（二〇〇九年四月号）

自費出版は復讐へのセレナーデ

敵討ち、とは通常、親のかたきを討つことをいう。もっとも、敵討ちという行為そのものが現代では「通常」あることではない。

では復讐はどうか。実行に移して人を殺すやつはめったにいないはずである。しかし、言葉としては耳慣れている。それは推理小説やハードボイルド、さらにはテレビのスイッチを入れれば品評会のごとくあらゆる殺しのテクニックが展示されているし、犯人も凶悪犯から一見か弱そうに見えるお嬢さんまで様々に用意されているからである。だが被害者と犯人の間にあるいわくつきの理由はだいたい過去に因縁があることになっている。それも過去の出来事が復讐という犯罪を企ませる原因になっている。

敵討ちと復讐の講釈を垂れたのには理由がある。この散文は処女作を自費出版したことへのいきさつと四十年経って再び自費出版した本の宣伝と、腹に一物ある人への自費出版のすすめなのであるが、個人的には文学と復讐にかかわる話になるからである。

アリストテレスは「運命とは性格である」といったようであるが、私の運命は性格的に挑戦者向きに作られている。ただし、二十歳代のころの話である。その性格が作家を志させた。その間に仇討ちと復讐が介在する。

二十一歳のとき事情があり、留学していたアメリカから一時帰国した。数カ月後アメリカに戻るためビザを申請しに大使館まで出向いたら、親が金持ちか身元引受人のある者でない限りビザは出せないといわれた。理由を訊くと、交通事故を起こしたとき誰が賠償金を支払うのだ、貧乏作家の小せがれではそれもできまいといわれた。それで成金で人のよさそうな人を身元引受人に仕立てようと探したが、成金は女にはカネを湯水の如く注ぐが知的生物にはまるで興味を示さず、ときおりゲタゲタと下卑た笑い声をたてて土地転がしの秘訣を講釈するばかりだった。

鬱屈しながら競馬場に通った。先がまるで見えなくなっていた。だがキャバレーの用心棒めいた仕事をする内、鬱屈した気持ちに尖った飢餓感が紛れ込むようになった。

アメリカでシェークスピアのことを一般教養として習っていたので、没落した一家の息子であった彼が経済的事情でケンブリッジ大学に行けず、二十三歳頃八歳年上の妻と子供を故郷に残してロンドンに向かい演劇界に入ったことが頭に浮かんだ。大学出の作家が書く物語は、ギリシャ悲劇を真似た論理的思考で主人公を孤独な運命仕立てにしたものが多かった。シェークスピアが書く生々しい人間たちが吹きだす黒い炎と怨念は、身近な人間たちとの付き合いの中で生まれた。

初期の戯曲には娘を犯され、息子を殺された男が残虐ないじめに耐え抜いた末、復讐の鬼と化して皇帝と后を殺し自殺する話もあった。

考えている内に日本の本が読みたいと思った。とりあえず大学に入り、映画研究会に所属し、父が同人だった同人雑誌に月に二百円払って賛助会員になって同人会に顔を出すようになった。初めて書いた二十七枚の短編小説を同人雑誌で発表してから書くことがおれの復讐につながるかもしれないと思うようになった。明るい未来を夢見て文学を志したのではないことは確かだった。

テレビ局にアルバイトの仕事を見つけられたので収入は思いの外よかった。深夜まで仕事が及ぶと会社ではハイヤーを配車してくれた。二十二歳のジーンズを穿いた若者がハイヤーの後席にふんぞり返って座っていたのである。尻のポケットを探れば万札がごそっと出てきた。大学と会社の掛け持ちでお金を使う暇がなかったのである。

一年ほど勤めてテレビ局をやめた。不満は何もなかった。よく飲んだ同人雑誌の年上の仲間から、「アメリカの留学体験を書いて世の中にデビューしろよ、もしベストセラーにでもなったら親父さんも喜ぶぞ」とそそのかされてその気になって辞めたのである。チャレンジャーなので決断も早かった。そそのかした人の中に当時すでに新人賞を受けていた後の直木賞作家である北原亞以子さんもいた。

一九七〇年のその当時、高校生にとってはアメリカ留学はまだ夢の範疇にあった。外国への留学体験を書いたエッセイはブームになっていた。それにあやかろうと私もその気になって多磨霊園駅近くの三畳間にこもって毎晩原稿を書いた。三カ月後に三百五十枚の原稿ができた。それを持って紹介状も持たずにあちこちの出版社を飛び込みで回った。首尾良く編集者に会えると、あとで返事をするのでこちらで預かるといわれ、数週間たっても返事がないのでおっかなびっくり訪ねていくと、私の手書きの原稿はその人の机の下で靴置きに使われていた。

落胆していた私に父が救いの手を差し伸べてくれた。当時流行作家で直木賞の選考委員もされていた源氏鶏太氏に頼み込み、氏の紹介で大手のB社を紹介してもらったのである。私は勇んでB社に出向き、出版部次長のA氏に原稿を手渡した。

ここでも返事はなかなかこなかった。ある日、意を決して大学近くの蕎麦屋の赤電話からA氏に電話をした。丁度電話をしようと思っていたところだ、すぐ社にきてくれといわれて大喜びで麴町にあったB社に行った。そこでA氏から原稿を突き返された。出版部次長は威厳をもってこういい放った。

「面白く読んだ。しかし、無名の人の本は出せない」

それきり相手は何もいわない。無名であることはあらかじめ分かっていたことではないか、という言葉を飲み込んで、狭い応接室のテーブルに置かれた原稿を抱きかかえ一礼をして部屋を出た。地下鉄の駅に向かう坂道には強い風が吹いていた。瞼を拭うフリをして湧き出した涙を左の人さし指で弾いた。

「自費出版しよう。みんなで協力するよ」

と同人誌の仲間がいった。知り合いの出版社に頼めば三千部を百万円でやってくれるという。テレビ局勤めで溜めた預金はすでに底をついていた。無理だと思った私に彼は囁きかけてきた。

「夏目漱石の『心』だって最初は岩波書店から自費出版で出したんだぜ。島崎藤村の『破戒』だってそうだ。話題になればベストセラーだって夢じゃない」

悪魔の囁きに心を動かされた私は、父の反対も聞かずに友人知人、酒場で会った小学校で女教師をしているという人からも借金をして『シスコで語ろう』(定価四百二十円)を自費出版した。この出版社は日販に口座を持っていたので私の本は首尾よく本屋に並べられた。全部で八三七部売れた。よく健闘したといえたが数カ月後には返本の山となって返ってきて、本を積んで置いた三畳間の押入の底が抜けた。

ホテルの夜勤の仕事について借金を毎月返済したが食事に回す金がなくなり、ホテルの従業員用の立ち食いうどん二食で一年間を過ごしたためついに栄養失調で倒れた。それを知った父は激怒し、母は泣いていた。プロパンガスを買う金にも窮していた家では息子の道楽を援助する余裕などなかったのである。

結局、残った二千部はゾッキ屋と呼ばれる返本を安く引き取る業者に一冊二十五円でたたき売った。破れた押入の床の修理代も必要だったのである。なお大正三年発行の『心』は漱石の自費出版という形式をとっているがそれはすでに流行作家であった漱石の岩波茂雄氏への心意気ではなかったのか。これは岩波書店が最初に刊行した本であり、装幀も漱石自身がやっている。校正は「岩波茂雄君の手を借りた」そうである。

月日が流れて私は六十六歳になっていた（早い。早すぎる）。いつのまにか著作本も六十冊を数えていた。文学賞を受賞したことで文壇への父の敵討ちもすみ、原稿を足蹴にした編集者のことも、「復讐」から私の作家業が出発したこともいつしか忘れ、小説とはそれを必要とする読者のためにある、と虫酸が走るようなブンガク的表現を問われるままに吐くようになっていた。

その中で忘れられない一冊があった。草思社から出版した『明日のブルドッグ』という本である。これはファンタジックな結末を迎える物語であるが、主人公のブルドッグのブル太郎は実在していた犬で、十一年間もの永い間、放浪癖のある私に代わって家を守ってくれた犬である。

愛犬家向きの雑誌に連載していたものだったが出版しようという話がどこからもかからず、連載後、見ず知らずの草思社の会長であった加瀬昌男氏に直接原稿を持ち込んで出版してもらった本であった。二〇〇六年のことである。幸いあちこちの記事で取り上げられて本は好評を博し、ブル太郎自身の写真は読売新聞、東京新聞に載り、それに警察官用の雑誌の表紙をも飾った。ところが草思社の財務状況が思わしくなく、良心的な小出版社にはありがちな話だが出版後二年ほどで出版社は経営が立ちゆかなくなった。その後自費出版専門の会社に吸収され会社の名前だけは残ったようだが、会長であった加瀬氏の心労は激しく、数年前に亡くなられた。私の「復讐心」がめばえたのはそれからである。それまで文庫化の話が持ち込まれないのは、すでに「フェードアウトした作家」であると私が編集者に思われていたからであり、それまで連載を勝手に途中で打ちきったり狂乱の限りをつくしたことへのしっぺ返しであるとあきらめていた。

だが、復讐心ばかりではなく、どうしてもごく一般の人にも『明日のブルドッグ』を読んでもらわなくてはならないと切実に思うようになった。それには廉価な文庫本であることが条件だった。草思社出版の単行本を携えて古くから知っている編集者をまず訪ねた。ビジネスマンになっていた彼はたちどころに利益配分を計算するや「ノー」と即答した。私は次の出版社を回った。ひと月待ったが返答がこなかった。私はすでに治る見込みのない難病をかかえており、癌の手術も肝出血のためできない状況にあった。先がみえなかった。

「自費出版しよう。すべてはここから出発したんだ。おれの撮ったブル太郎の写真を表紙にしよう」

発作といってもよかった。知人で文学者のＩ氏が「アジア文化社」という小さな出版社を持っていた。そこで三千部刷った。秘かにきっと話題になって本は増刷されるだろうと思っていたが今のところその兆しはゼンゼンない。資金がないので本の宣伝もできないし、取り次ぎに口座がないため本屋に置かせてもらえない。アマゾンでは買えるようになっているが、売れた分の三五%はマージンとしてとられる。

しかしベストセラーになる兆しはないが自費出版を知らせた友人知人から一週間もしない内に千二百部の注文が舞い込んだ。淡路島に住む富豪M氏からは一度に五百部の注文がきた。数名の編集者からも注文が入った。ここで人の「真心」が見えた。あらためて復讐心も芽生えた。「自費出版」にはそういう効用もある。

（二〇一四年十二月号）

感動の人生

三年半前に千七百円の値段で出版された単行本が古書店で二百円で売られていた。書き始めてから脱稿するまで十一年かかった作品である。棚から手に取った本を抱え、後ろめたい気持ちでキャッシャーに並んだ。代金を支払うとき自分が頬かむりしているように感じられた。悪いことをしたわけではないのだから罪悪感など抱く必要などないのだが、それは理屈である。出版に難色を示した上司や販売局の人を押し切って出版にこぎつけてくれた担当者や千七百円支払って買った三年半前の読者に申し訳ない気がしたのである。第三章の二百八十六枚は食道癌で入院中の病室で深夜脱稿した。いわば命を賭けて書いたつもりが、結果として命を棒に振ってしまったのである。初版絶版がそれを証明していた。

さすがに「人生とは魂を風に泳がせるもの」と風来坊を気取っている私もがっくりときた。それで古書店の帰り、暖簾をくぐって寿司屋に入るつもりが自動ドアのある回転寿司にいった。炙りトロを四カン続けて食っている外国人が隣にいた。私は二つで二百六十円のイカを頼んだ。「感動の人生」にしてはのっけからセコイ話である。

このイカ三つよりおれの本は価値が低いのかとまた考えた。スナック「明美」に行き、およそ四年振りで酎ハイを飲んだ。六十五歳の女将が目を丸くした。重度の糖尿病で入院したあと、アルコール性肝炎になり、それが肝硬変に昇格したのが五年前のことで、このまま飲み続けたらあと一年で死ぬ、と日本赤十字の名医と噂の肝臓病の大家から宣告を受けた。半年間は禁酒したが肝臓の数値がよくなったのでまた飲みだした。するとときどき意識が遠のくようになった。

家人が心配して名医のところにアルチュール・ミッチを運んでいった。すると今度は余命四カ月の宣告を受けた。家人が泣きそうな顔をしていたので、最早これまでと断酒した。

しかし、具合は一向によくならない。大学病院で検査を受けると「来るのが遅かったのネー」

と藪井竹庵先生から常套文句を吐かれて、食道静脈瘤の手術を三回と食道癌の内視鏡手術を受けさせられた。一度深夜近くに病室から逃げ出したところを、ゴジラの仲間のアンギラスのようなごつい看護士にエレベーター前で見つかり、羽交い締めにされたことがあった。

その一年後に今度は胃癌が二箇所できているから手術をしましょうと外科医と内科医から同時に言われたが、あんな馬鹿力の男にまた首をしめられるのはまっぴら御免と手術を断った。医者は「手術しないと死ぬよ」と微苦笑を口許にたたえながらいったが、私は断りつづけた。いつか同じ宣告をあんたら外科医にしてやりたいと作家は複雑怪奇な気持ちで考えたものだった。

血小板が常人の三分の一しかない私が手術をうけたら失血死する恐れがあったし、たとえ手術に成功しても体力が衰えてしまって歩くこともできなくなると確信していた。肝硬変の私の場合、どのような手術であろうとそれ自体が命取りであり、生きている内にスコットランドの風の中で、もう一度ゴルフをしたいという願望も墓の中まで運ばれてしまうことが自明であった。

以来、三年半、放射線も抗癌剤も断って気の向くままに生きてきた。執筆にもいそしんだので、その間に単行本三冊と文庫一冊を刊行し、文芸雑誌に三百枚の小説と同人雑誌に六十枚の短編を発表することができた。酒をかっくらっていた十二年間以上の仕事をこなした。その先頭を切って意気揚々と発売された単行本が今、二百円となって、坊主頭で厚化粧の女将が経営するスナックのカウンターに置かれている。

やけ酒だと他人は思うだろうが、そうではない。そもそも私にとって酒は心の友でゴルフは親友であった。酒とやけで付き合うことなどなかった。ただその夜は思考することが苦手な私が胸に浮いた疑問について、ちょっと反省しながら答えをみつけたいと思ってみたのである。

「何故、売れないのか」

という疑問である。平凡な答えとしては、自分が一生懸命やり、努力を重ねて作り上げたものでも他人からみれば無価値であれば塵になる、というものである。分かっている。努力など自己満足同然で天才にかかれば凡人の百歩が一歩に過ぎないのである。髪の毛を掻きむしり、呻吟し、ときには嗚咽しながら、猛々しくも美しい朝の光景を描写しても、天才の書いた「晴れていたが風が強かった」というたった一行に簡単に吹き飛ばされてしまうのである。

しかし、私は天才を恨めしく感じていたのでもなかった。ある中堅のＳＦ作家が重病になり、もう新作は書けないと悟ったとき、見舞いに来た友人に自嘲するでもなくこう言ったという。

「結局、自分のやってきたことは徒労だったんだな」

顔色は病気の為悪かったが、それ以上にあきらめきった様子が痛々しかったと友人は思ったという。

では天才はどう思うか。彼だって本棚に並んだ自分の作品集を見て「徒労だった」と嘆息することがあるかもしれない。その場合、その天才は小説を書くことで費やしてしまった時間自体を無駄だったと感じているのである。

あまり名の知られていない中堅ＳＦ作家の呟いた「徒労」という言葉には痛々しさを感じるが、

天才は元々まったく異質な世界を見つめているかもしれないのである。

その夜のスナック「明美」にはひとつ置いた席に紺色の作業衣を着た四十歳過ぎの男がいた。

私は彼にようと声をかけた。以前に一度口をきいたことがあった。

「君が人生で求めているものはなんだ」

「感動です」

間髪を入れずに彼は答えた。私はギョッとした。

「どんな感動だ?」

「部屋でメダカを飼っていたんですが日がたつにつれてその内の一匹がどんどん大きくなってどうやら鮒の種類だと分かったんです。それで別の水槽に移したら、そいつだけおれの姿を見分けていることに気付いたんです。仕事を終えて部屋に戻って電気をつけると一番先に寄ってくるんですね。感動しますよ」

「あんたひとり者か」

「はい……」

「他に最近感動したことはあるかい」

「ボーナスをもらいました。少しだけどおれって社長に認められているんだなあって感動しました。やっぱ、金はほしいっすよ」

彼の会社はパソコンを始め、精密機器の廃品を全国から集めて、その廃棄物処理をしているという。社員数は百五十人。彼は元は運転手をしていたが現在は総務にいるという。

　私はそれから黙ってそっと飲んでいた。感動と聞いて心臓が重く響いたように感じたのは、私の小説は感動から遠く離れた孤島にあったからだ。むしろ感動小説を軽蔑していた。あんなものは偽善者が書くものだとあざ笑って、老大家を挑発する小説を発表し続けた。恋愛など書く気はさらさらなく、恋人が死んだといっては泣いたりする主人公を「馬鹿じゃねえのか」とあきれていた。詐欺師がほざく、愛と感動の小説と銘打たれた広告に反吐を催していた。人を殺さなくては小説が書けないのかと絶望さえしていた。

　読者に感動を与えることを拒絶した私の小説はなにやらヘンテコなものに仕上がり、時流に押されて読者が減り、販売部数も伸びない内にいつしか注文が途絶えた。

　筒井康隆氏のエッセイに、作家にとっての悪夢はある朝目覚めたら無名の昔に戻っていたということだという一文があったが、私はいつのまにかその悪夢を毎晩見るようになっていた。

　実際ひどいことになっていた。三カ月前に、自分がデビューした文芸誌に短編を送ったら、その文芸誌の編集者は一切読まずに、十年前まで担当だった者が在籍している出版部に回したのである。出版部の編集者は、我が社の文芸誌ではいまは有望な新人か単行本が見込める連載だけを掲載しているようですといって私の原稿を送り返してきた。

　昨年三百枚の小説を一挙掲載してくれた別の出版社では、単行本の出版は見合わせてくれといってきた。それは売上げが見込めない作品だからであり、とどのつまり読者に感動を与えることができないからである。しかし、私は感動を売り物にした作家にはなるつもりはない。教授になって糊口をしのごうにも声がかからない。従ってずっと貧しい。

と、ここまで書いてきて、突然に愛犬が死んだ。ブルドッグの牝犬であと三カ月で九歳になるはずだった。おとなしく愛らしく、気品に溢れた犬だった。この犬の吠えるところを見たのは二度だけだった。離れて暮らしていた娘が半年ぶりに戻ってきて、門扉を開いたとき、二階から天井に向かって吠えたのと、宅配便の若者が突然玄関のドアを開けたときの二回だけである。

我が家はこの犬を中心に回っていた。家人が家を空けるときは私が留守番をした。入院先の病院から逃亡を試みたのも「氷見子」と名付けた愛犬に会えないまま死んでしまうのが悔しかったからだ。疲れ果てて家に戻ってくると、奥の方からカチャカチャと爪の音をたてて玄関に向かってくる足音が聞こえる。それを耳にすると気持ちが穏やかで遥かなものになった。私がなんとか生きてこられたのも、この犬のためにと思うことが支えになっていた。

だが、皮膚病にかかり、診察を受けた動物病院で出されるステロイドの薬や獣医大学付属の病院のインターンにかかって「氷見子」の身体は動物実験の材料にされて滅茶苦茶にされてしまった。私は傲慢で不出来な若い獣医を呪い、何度か復讐をしようとすら考えた。

冷たくなった愛犬を前に、私はこのエッセイを中断してひとりで「氷見子」の通夜をした。その屍を焼き場に運んだのは二日前のことだ。その日、ロス・アンジェルスにいる娘から、日本に帰れなくてごめんなさいというメールが入った。その中に娘の夫が作曲した曲が使われている映画が今日本で上映中だから見て欲しいと書かれてあった。

昨日私は家人とその映画を見に行った。結婚して四十年になるが、家人と一諸に映画を見るのは初めてのことだった。佐藤泰志氏の原作の映画は見る者を強引に引き寄せようとするけおどしも観客勧誘の感動表現もなく、静かだが暗い北国の空の下で生きる若者の姿をそっと描いた佳作に仕上がっていた。

最後のシーンでは四十歳を過ぎた主人公がソフトボールの試合で大きな飛球をレフトに放つ。それがフェンスを越えたかどうかは分からない、ただ私たちの目には陰鬱な空の隙間に開いた青い空が見えていた。

いい映画だったな、と帰りに蕎麦屋に立ち寄った私は家人にいった。ええと家人は頷いた。私はそば湯割りを一杯だけ飲んだ。蕎麦屋で飲む酒はうまく、肴もいい味だった。家では私はひとりで居間で食事をする。家人と向かい合わせで蕎麦を食ったのはいつのことだろうかと思い出していた。

そのとき「氷見子」の私を見つめる瞳が胸に浮いた。主人を気遣う潤いのある純真な瞳だった。もう家に帰っても待っているものはいないのだなと思った。これから家人はゴルフどころか、歩くことさえもあまりできなくなった夫を、「氷見子」の支えなしに面倒をみなくてはいけないのかと考えると、身体中を痛みのある感傷が包んできた。

店を出ると小雨が降り出していた。暗い空を見上げてちょっとの間佇んだ。「大丈夫？」と家人が聞いてきたが私は返事をしなかった。
そうすることさえ億劫になっていた。私はなんだかひどく懐かしいものが暗い彼方を抜けた先に広がっている気がしていた。それは少しばかりの温かい感動だったかもしれない。

（二〇一六年十二月号）

楽天家の人生発見。

ゴルフ場の達人

その人、M氏と会ったのは、およそ十年前のことである。石川県の片山津温泉にある旅館で私が朝飯を食っていると、突然、見知らぬ男が仲居に案内されてやってきた。どなたですか、と尋ねると、近くでゴルフ場のアシスタントプロをしている人から、「行って話をしてこい」といわれたので来た者だという。

そのとき私は、クラブチャンピォンを尋ね歩いての旅をしていた。各地にあるゴルフ場にはクラブチャンピォンと呼ばれる名人が毎年ひとり誕生する。その中で、この人は正業についていて、人格もよろしい、という方を探して取材していた。趣味と実益をかねていて、クラブチャンピォンと会ったあとは、その方の所属しているゴルフクラブで一緒にゴルフをするのを楽しみにした。ときには、お酒もご相伴に与るのである。

M氏は小柄で、なんとなく貧相な、野ネズミを連想させる五十歳がらみの人だった(ひどいたとえであるが、実際そう感じたのである)。まさか、どこかのクラブチャンピォンではあるまいと思っていると、加賀カントリークラブの選手権を制したという。それでちょっとびっくりしたのだが、話を聞く内に、飯どころではなくなった。

M氏は山中温泉で、重箱などの漆器をいれる紙箱を作っていた。そのM氏が、血尿を見たのは四十歳のときだった。かつて野球をやっていたM氏にとっては、病気は無縁だった。ところが、何日も血尿が続くので、妻にいわれて不承不承近くの病院にいった。

ところが、診察した医者は、原因がわからないという。それでそのまま放って置いたが、血尿は止まらず、痛みさえ伴ってきた。心配した妻が、しつこく病院にいってくださいというので、今度は金沢の大学病院にいった。

「これは検査に時間がかかりそうだね。入院してもらわんとあかんがいね」

そう医者にいわれて、その日から入院することになった。あわてふためいた妻が、入院に必要な用具を支度して駆けつけてきた。

検査の結果がでたのは、三週間後だった。膀胱癌といわれた。十四時間に及ぶ手術が終わり、それから一週間後に一般病棟に移された。人工膀胱がつけられていた。もう、ゴルフはできないかもしれないな、とM氏は天井を見ながら思った。ハンデは10で、ちょっとうまいという程度のゴルファーだった。ゴルフより、酒と麻雀の方に目がなかった。

手術から一カ月たっても、M氏には退院の許可がおりなかった。どこか別の臓器に癌が転移しているのではないか、と不安に思い出した頃、妻から病院に電話があった。

「あなた、研治が車にはねられて」

あとは声にならなかった。中学二年の跡取り息子が、自転車に乗っていて右折してきた大型車にぶつけられて身体が吹っ飛んだという。すぐに救急車が呼ばれたが、今も意識不明だという。

「命が危ないって」

動転していた妻はようやく涙声でいった。

M氏は、医者の一時外出許可を得て、よろよろと救急病院に急行した。呼吸器をつけられ、点滴のチューブに体を巻かれた息子の姿を見て、気が遠くなった。幸い息子の命はとりとめたが、結果的には半年も入院する重症だった。

息子の事故から一週間後に、母が意識不明で倒れたと妻から連絡が入った。心臓弁膜症をわずらっていた母は、十年前に豚の心臓弁を移植して命をつないでいた。再び手術することが緊急の課題だったが、それを受けるだけの体力が母には残されていなかった。

母は、入院から数日たたない内に亡くなった。M氏は、また病院を抜け出して母の葬式をした。当時M氏の父は喉頭癌で声を失っていて、ただ、涙を流すばかりだった。

M氏が退院できたのは、膀胱癌の手術から三カ月後だった。その後は医者にいわれるままに抗癌剤を打ち続けた。

その影響で髪が抜けることが多くなり、ある日、思いきって丸坊主にした。その間に右の腎臓が機能しなくなり、入退院を繰り返した。

人と会うことも苦痛になり、隣の村の山に入って、釣りをする毎日を過ごした。そんなM氏をみて、怪しい坊主頭がいると警察に通報する者がいた。山の中の池までやってきた警官から「あんたは誰だ、どこの者だ」とM氏は尋問を受けた。罪人になった思いだった。そのことがあってから、釣りもやめた。

四十一歳になると、M氏は腎盂炎にかかり、また手術をすることになった。糖尿病もひどくなる一方だった。自分でインシュリン注射を打ちながら、もう、人生は終わったと呟く日々だった。

みかねたゴルフ仲間が、M氏をゴルフ場に誘いだしたのは、さらに半年ほど経った頃だ。

フェアウェイの緑が目にしみ、風のささやきに生きている喜びを実感した。その日、ゴルフのあとで仲間がこんなことを呟いた。

「アメリカのプロゴルファーにアル・バイガーというのがおって、その人も膀胱癌になったんやが、病気から立ち直って、数年後にはPGAツアーで優勝したそうやで」

PGAで優勝することがどれだけ大変なことか、ゴルファーのひとりであるM氏にもよく分かっていた。

「すごいなあ。人生にカムバックしたんか。そうか、わしにもゴルフがあるんや。あんな気持ちのよいゲームはないんや。せめてもう一度月例会で優勝をしてみたいな」

自分も見習おうという気になった。それから、毎日練習場に通い、下腹の横に人工膀胱の袋を付けたままボールを打ち込んだ。

仕事に精を出しながら、閑を見つけて加賀カントリークラブにも通った。高い北陸の空と夏の一瞬の冷ややかな風を頬に受けると、苦労ばかりかけている妻のことを思い、ありがたい、お前が生きていてくれるからおれも生きていられると感謝した。

それから七年たった。彼の努力を後押ししてくれるレッスンプロの協力もあって、病気の前には10だったハンデキャップは3にまで上達した。立派なシングルゴルファーとなったM氏は、ついに五十歳目前にして加賀カントリークラブのクラブ選手権を制した。

さらには国体にも石川県代表として出場することができた。現在立派な跡継ぎとなった息子と少し斜陽になりかけているが、頑張って漆器の箱造りの稼業を続けている。

二〇一六年には六十歳になり、東京国体のゴルフ部門に石川県シニア代表として出場している。そこいらへんにいるゴルファーの人生にも、こんな背景もある。

無所属の人

十年前の十二月初旬、取材で宮崎に行った。たまたま全国規模のマラソン大会とぶつかり、ホテルを取るのに往生をした。帰りの飛行機も、最後の一席をやっと確保したというきわどさだった。

出発前の空港で、一時間ほど、大きな窓を通して、離陸する飛行機を見ていた。その向こうに広がる空を望みながら、ふと思い出した本があった。故城山三郎さんの『この日、この空、この私』（朝日新聞社）である。旅先で、空を見上げながら、いつでも城山さんは、無所属の自分を感じていたという。

その本の中で、城山さんが書かれた、いくつかの言葉が私の中で残っている。たとえば大学の同期会に参加したときの感想で、こう語っている。

「友人にまつわる、よい思い出を互いに積み立てておきたい。人生にあぐらをかき、安定した話などは、どうでもよい。出世した話や金もうけの話は、ときには卑しくひびく。結果はともかく、在るべき姿を求めて、いかに悩み、いかに深く生きたか。いかにさわやかに、優しく生きたか」

城山さんは、居丈高に喋ることは決してなかった。社会貢献をいいながら、保身にあくせくする大会社の社長や、銀行の取締役連中とは、人間の質がまったく違っていた。

城山さんと初めてお会いしたのは、私が十八歳のときだった。サンフランシスコの大学に留学しているときで、ある朝バスの停留所に立っていると、紹介してくれる人があって、たまたまお話しすることができたのだ。

城山さんは、アメリカを半年かけて旅をしている最中だった。まだ、四十歳の若さだったが、どこか老成している感じがした。そのとき、城山さんを紹介してくれた男が「たしか君のお父さんも作家だったよね」と余計なことを言い出した。

「そうですか」と反応した城山さんだったが、そうなると父の名前を聞くのが順序になる。城山さんは遠慮がちに父の名前を聞いてこられた。

「高野三郎です」と私はためらいがちに答えたのだが、それを聞いた城山さんの方がつらそうだった。父は無名作家で、流行作家だった城山さんとは、接する点がなかったのである。

そのとき、「聞いたことがあるなあ」と城山さんは呟いて、少し気の毒そうに私を見て、目をしばたたいた。いい人だな、と私は思った。

アメリカから帰国後、多忙から、城山さんは不眠症に陥ったという。それは医者から奨められたゴルフをすることで解消したそうだが、そのゴルフが縁で、私も親しくお話しすることができるようになった。最初の出会いから三十年以上がたっていた。縁とはそういう面白い出会いを運んでくる。

あるとき、ゴルフ場で「城山さん、せっかちになりましたね」、といったら、数日後に葉書がきて、「女房が亡くなってから、せっかちが余計ひどくなったようなんです、申し訳ない」と書かれてあって、ひどいことをいってしまったと後悔した。

新聞社主催のあるゴルフコンペの後、城山さんから賞品を手渡されたことがある。それはコーヒーカップのセットで、たいそう重かった。

幹事の方から見えないところで、城山さんはそっと私にその大きな箱を差し出して、

「高橋さん、悪いけど、これもらってくれないかな」

と囁いてきた。いいですけど、なんでですか、と私は訊いた。すると、

「あなたは家に待っている人がいるの?」

と逆に訊かれた。私は母と妻と娘と、それにブル太郎というブルドッグがいると答えた。

「ぼくは家に帰っても待っている人がいないんだ。だから持って帰ってもしょうがないんだ」

と城山さんはいった。私はなんだか、ジーンとした。

その城山さんは、著書の中で、還暦を迎えたときの心構えをメモにとっていた思い出として、こんなことをいっている。

「年齢に逆らわず、無理をしない。いやなことはせず、楽しいことをする。睡いときに寝、醒めたら起きる。好きな物だけ食べる。ただし、午後八時まで。義理、面子、思惑を捨てる。友人をつくり、敵をふやさない」

その城山さんの楽しみは、読書だった。

私も読書を楽しめる時間がたくさんもてる日々をようやく送れるようになった。還暦からはるかに年がたち、その間に酔っぱらって倒れ、また起きあがり、競馬場で興奮し過ぎてまた倒れ、酒場で目を覚ます日々も同時に送っている。

城山さんの奥さんが元気な頃は毎朝お弁当を作ってくれたという。それを持って城山さんは仕事場まで自転車をこいでいった。思い返してみれば、そういった日々は還暦をとうに過ぎた頃のことだ。城山さんは七十九歳で亡くなるまで仕事場にいた。最後の作品となった『そうか君はもういないのか』(新潮社)はエッセイを集めたもので死後発売になった。奥さんを失ったのは城山さんが七十二歳の時だった。思えばコーヒーカップを私にくれたのはその年のことではなかったか。還暦を迎えてからの私は城山流の無所属の時間を都合よくねじ曲げて少し楽しみ過ぎたようである。

忘れられない会話がある。あるゴルフコンペのパーティのとき、隣に座っておられた城山さんが「高橋さん、今いくつ連載を持っているの?」と小声で聞いてきたことがあった。余程流行作家だと思われていたようである。

「連載はありません」。そう答えると、意外、という表情をして黙ってしまわれた。「締め切りがあるのは苦手なんです」と私がつけ加えると、「それで大丈夫なの」と不思議そうにいった。実は連載がなかったのではなく、私はよく連載を途中でやめてしまう癖があったため、依頼が途絶えていたのである。それで、

「ゼンゼン、大丈夫ではありません」

と答えた。城山さんはあきれた顔をしていた。今もあきれているだろうなあ。

会いたいなあ、城山さんに。

身体中がミュージック

ゴルフなどは老人の遊びだ、という程度の認識しかない人は度量の狭い人であり、人生の楽しみを味わうことを避けた気の毒な人である。

ゴルファーは哲学者である、とばかりに思索にふけりながらフェアウェイを歩く人もいるが、それだけの思慮深さを私はまだ持ち合わせていない。風に吹かれて気持ちよさそうに空中をそよ

ぐ梢を見上げながら、そういえば少年時代にもこんな光景をひとりで眺めていたなあ、と感傷的になるくらいである。

そういう私も含めて、男のゴルファーは女性ゴルファーを見下したり、一緒にプレイするのを敬遠する傾向にあるのは否めない。男たちが女性を侮蔑の対象にする主なものが、お喋りとスロープレイであり、そもそもクラブハウスに女性が立ち入ることさえ不愉快だといって、いまだに女性のメンバーを認めないクラブがあるくらいである。

「女性ゴルファーへのアドバイス？　よろしい。まず三週間ほど休みなさい。それから足を洗いなさい」といったのは一九三五年代のイギリス人、ジェームス・ノース卿であるそうだが、この名言を掘り起こした作家の故夏坂健氏のエッセイに、一九二〇年から三〇年代にかけてアマチュアとして活躍したアン・レイチェル・ゴードンという女性教師のことを紹介した秀逸な一文がある。

活躍したといっても彼女が出場した選手権はわずか四試合で、それも四つの州にまたがっていてその全てに優勝している。州が違うのは荷物を車に積んで、学校のないあちこちの村を巡回して文字を教えていたからである。少女時代のアンはニューヨーク州メドウブルックの野原で男たちに混じって手製のゴルフクラブを振って遊んでいた。しかし、その彼女は四十三歳になったとき癌に冒されていることを知り、その著作のあとがきでこう書いている。

「メドウブルックの草原で私は人生の全てを学んだ。冷静、勇気、屈辱、挫折。運不運の交錯から神の存在さえ教えられた。ゴルフゲームのなんと偉大なことだろう。もし砂時計に反転が許されるものなら、もっとゴルフに近づいてみたいとしきりに思う」(夏坂健著『地球ゴルフ倶楽部』新潮社)。哲学者を自任するゴルファーよ、あなたはこんな神秘性のある深淵を覗いたことがありますか。

さて、ここまでは前書きであり、私は女性ゴルファーを歓迎している、しかしながら、特に美人ゴルファーとお近づきになりたい、という下心を披露するものではない。女性の話は枕詞であり、書きたいのは、敬愛するジャズの大御所、ナベサダさんのことである。

ずっと昔のことだが、タヒチ島の首都パペーテの海につきでたパブで、ビールを飲みながら太った男が奏でるギター音楽を聴いていた。去り際にチップを渡すと、男は礼をいいながらサダオ・ワタナベの名前を口にした。尊敬するただ一人のミュージシャンだといった。

次にモーレア島にいったとき、滞在していた地中海クラブでオーストラリア在住の中国人夫婦と会った。そこではフランス料理店やイタリア料理店などが出ていて、好きな店に入って食べる。ホテル、料理、ダイビング、テニス、水上スキーなど全て込みの料金がクラブの売りなのである。で、あるとき中華料理を出す店にいき、ひとり旅の私は適当なテーブルについたらそこに白人の女を女房にした中国人が登場したのである。そいつは椅子に座るやいなや、禅とは何だ、とけんか腰で私にいった。さすがの私も面食らった。「あんたいきなり何言っているの」とその男の女房が取りなしてくれたが、イヤな奴だという思いは残った。

別の日、フランス料理の店でうまくもない兎の肉を喰っていると、何故かそいつがテーブルに寄ってきた。先日は失敬したと挨拶をしてから、妙になまめいた顔で囁いた。

「日本のミュージシャンでサダオ・ワタナべというのがいるが、知っているか」

私は、もちろんだ、と答えた。すると「ぼくら夫婦は毎週日曜日の昼には、いつも彼の音楽を聴いている。チェアーに横になって目を閉じて聞いていると、すごく幸せな気分に浸れるんだ」とうっとりした顔でいった。それを聞いて案外いいやつじゃないか、と私は思ったものだ。

私は渡辺貞夫さんとアメリカのジョージア州で数日間一緒にいたことがある。笑顔が素敵な十五歳年上の彼は、いつでも自然体で人生を楽しんでいる様子で、そばにいるだけでこちらも陽気になってくる。

あるとき地元の子供たちが我々に何事かちょっかいを出してきた。私は面倒だと放っておいたのだが、貞夫さんはいつのまにか子供たちとボール遊びに興じていた。不思議な人だと思った。とにかく、構えることなくスーッと相手の心の中に入っていける人なのである。世界のワタナベだなと思って感心して見ていた。

九年前、ブルーノート東京で開催されたライブにいったときに思ったことがある。年に一回開かれる「SADAO'S CLUB」の二十五周年記念ライブで、八回のミュージックショウは毎回満席だった。そこで貞夫さんはニューヨークからひっぱってきた黒人のドラマーと二十歳台の若いピアニストとベーシスト三人を従えて躍動感のあるジャズ、哀愁漂うボサノバなどを九十分に渡って演奏した。

そのライブでは、リリースしたばかりのアルバム「イントゥ・トゥモロー」の披露もあった。それは貞夫さんにとって七十作目のアルバムだった。当時貞夫さんは七十六歳。そして七十作目のリリース。なんという幸せな人生だろうと思った。あの年で第一線で活躍しているミュージシャンが世界中で何人いることだろうか。決して偉ぶることのない貞夫さんだからこそ、続けてこられた理想的なミュージシャンの道だと感心した。アル中になったり、作曲に限界を感じてクスリづけになったりして自滅していった音楽家のなんと多いことか。

実は貞夫さんには文化広報大使の顔もある。二十五年前から中学生たちに太鼓を使って音のリズムを覚えさせているのだ。「リズム教育」といわれているが、元々は出身地の栃木県の中学から始めたのだが、それがいまや全国に広がっている。みんなで集まり楽しくリズムにひたる一体感がいい、というそれだけの目的でやりだしたのだ。さらに貞夫さんには写真家としての顔もある。アフリカ各地で撮った彼らの表情は体中から音楽が噴きだしている。それは貞夫さんの生き方そのものの希望あふれるリズムでもある。

さらにもうひとつ「実は」がある。私と貞夫さんとはゴルフ仲間でもあるのだが、川奈ホテルでゴルフをしたとき、その飛距離の素晴らしさに私は驚いたことがある。それはもう貞夫さんが七十八歳になっていた年のことだが、七十六歳の時よりドライバーの飛距離が伸びているのである。

当時まだ貞夫さんはパーシモンのドライバーを頑なに使っていて、その遺物としかいえないようなドライバーをしげしげと眺めていた私は、それが古いゴルファーなら誰でも憧れた名器マクレガー・ターニィであることに気付いた。譲ってもらうわけにはいかんでしょうねえと下心を持って尋ねた私に「うん、まあ、もう一本同じものを持っているんだけどね」と貞夫さんは顎を人さし指で掻きながら呟いた。

私はそのエピソードを雑誌に書いた。最後の一行で「貞夫さんはターニィをきっと送ってきてくれるだろう」とつけ加えた。「あれは恐喝よ」と当時ご存命だった奥さんは電話で笑いながら言っていた。そして「実は」その私の恐喝に貞夫さんはまんまと引っかかって世にも稀な、名職人の手になるゴルフクラブを送ってきてくれたのである。

いい人の周りにも「実は」悪い奴がいるものである。

人生いろいろ

歩く文化人類学者

東京の三鷹あたりで、歩く姿の美しい七十歳半ばの男をみかけたら、その人は間違いなく西江雅之氏である。背筋を伸ばして、すべるように歩く姿は感動的ですらある。その人が誰だか知らない人でも、思わず振り返ってしまう程である。

西江雅之氏は文化人類学の研究家である。だが、ご本人はそう呼ばれることに、あまり拘泥していない様子である。その中でも特に、アフリカの小さな部族の言語を調べていて、その文法を解読すると、さっさと本にして発表してしまい、あとはその民族の住む村の中に、闖入者となってもぐり込むのを趣味としている。言語学者でありながら、人間の方に興味がある人なのである。

数年前、東京、立川のある予備校に招かれて、西江氏は講演を行った。早稲田大学で講義をしていた頃の教え子が、その予備校で教師をしていたからである。私も予備校生に混じって講演を聴いたが、なんだか騙されたような印象をもった。

そのとき西江氏は、早大を卒業後、アフリカを南から北に縦断する探検隊の通訳としてついていったのが、アフリカとの出会いだったと話していた。その探検隊の中のひとりがケニヤで発病して亡くなり、探検隊は日本に帰ってしまったが、西江氏はひとりだけ残り、南アフリカからソマリアまで砂漠を七十日間かけて単独で縦断したのだという。

「一週間ほど一滴の水も飲めなかった」

と語っていたが、では何を飲んでいたかというと、これがどうも動物の血であるらしい。砂漠では痩せた頭の黒い羊を連れた人達と一週間に一度くらい出会うという。そんな彼らから恵んでもらった羊の肉が栄養になった。

砂漠を縦断した西江氏を最初に目撃したのは、当時駐留していたフランスの外人部隊であった。砂漠の彼方からシャツにズボンを穿いただけのほとんど手ぶらの男が、ふらりと現れたのだから、いかに外人部隊といえども、びっくりしたことだろう。リックサックも持たず、水筒も食糧も下着さえなく、小型カメラだけをポケットに入れていたという。

その最初のアフリカの旅では、スワヒリに三週間ほどいて言葉をマスターして、とりあえず、日本に帰った。そしてノートに向かって耳で覚えたスワヒリ語を整理し、数カ月後にスワヒリ語の文法を日本アフリカ協会から出版した。文化人類学者の誕生である。

立川での講演会のあと、西江氏と町の居酒屋で酒を飲んだ。小学生の頃、犬や猫をとらえてその肉を食った、可愛いものはなんでも食う性格があって、オオカミ少年と呼ばれていた、と嘘だ

か本当だか分からないことを話していたが、

「子供の頃は、二階からおりるのに階段を使ったことはなかった。いつでも窓からひらひらと庭におりていた。だから近所の人はぼくを猿だと思っていたようです。顔も猿のようでしたから」

という話を聞いたときは、西江氏の話は全て真実だと信じるようになっていた。

それから三鷹のスナックで行われる西江氏の講話会に、私も顔を出すようになり、西江氏も私が定連となっている府中の小料理屋に何度かやってきてくれた。その博識ぶりに私はいつも驚かされた。博覧強記の谷沢永一氏とはまた違った種類の歩く学者なのである。

四十歳になって、初めて東京外国語大学で助教授の職を得たが、それまでは、アメリカ、フランス、メキシコ、そしてアフリカ各地と、放浪留学生のような生活を送っていたという。

「娼婦たちの住む裏長屋で暮らしていたとき、文化の違いを思い知らされたが、それは彼女たちが低俗だとか、頭が悪いということではない。むしろ知的な女が目についた」

今では大学で講座を持つことも少なくなり、比較的自由な時間を楽しんでおられるようで、この間も、パプア・ニューギニアの高地に、ひとりで飄然と旅をした。

その訪れた村では、手斧をもった子供たちが西江氏を出迎えてくれたそうで、というのも、その少し前に、隣の村からの襲撃にあい、村人が八人殺されたからだということを西江氏は知らされてショックを受ける。その村で豚の丸焼きを馳走になった西江氏は、裸足で大地を踏みしめる生活をいまだに送っている人々に感銘を受けて日本に戻ってきたという。

西江氏が亡くなって二年が過ぎたが、いまだに作家として西江氏をモデルに小説を書きたい衝動にかられることしばしばである。だが、それは多分書き出されることはあっても完成することはないだろうと思う。

西江氏がとってこられた奇想天外な行動が、フィクションの世界を拒むからである。

発想と創意工夫が宝を掘り当てる

缶ビールの飲み口が狭くてイライラすることがある。そんなあるとき、ふと岡野雅行さんのことを思い出して電話してみた。以前お会いしたとき、一六〇度の飲み口のあるビール缶をつくったと聞いていたからだ。

すると電話口に出た奥さんが、あれはまだメーカー側とごたごたしていて、製品化ができないでいるんですよ、と困惑した口調でいった。苦虫をかみつぶした顔で頭を掻いている岡野さんの顔を想像しながら私は電話を切った。特許申請やらなにやらの、大手メーカーとのトラブルは岡野さんが最も苦手とするものだからだ。

岡野雅行さんは、今や中学生や主婦層にまで知られる有名な職人である。これまでに造った部品は、リチウム電池の収納ケースなど三百種類に及ぶが、なんといっても一般に知れ渡ったのはテルモで販売されたナノパスこと「痛くない注射針」である。二〇〇六年の一月に当時総理大臣だった小泉純一郎氏が、東向島にある岡野工業までわざわざ訪ねていって、その注射針を実際に自分の腕に刺し、「あ、痛くない、全然痛くない」といって喜んだ姿が、ニュースとなって全国に放映され、一気に世界の製薬会社の注目を浴びた。事実、その後すぐ、ドイツのある医薬品製造メーカーから、五十億円でその特許を譲ってくれと申し入れがあった。義理人情に厚い岡野さんは、「テルモをカネで裏切られるかあ」と一蹴した。それは惜しいことをした、と思うのは私だけではあるまい。しかし、岡野さんというのはそういう人なのである。

「カネは追いかけてもだめだ、あとからついてくるものなのだ。技術と発想、そのための応用さえできれば、工場にはいつでもお金は入ってくる」

そういってはばからない。その工場は岡野さんを含めてわずか七人しかいない。七人のサムライが世界のメーカーを相手にして奮闘しているのである。顧客の中にはＮＡＳＡもいる。

岡野さんに会う前まで、私は毎朝自分で打つインシュリン注射に悩まされていた。痛いのである。それだけでなく、打った跡が内出血した上にみみず腫れのようになることがあった。

それが岡野さんの作った「痛くない注射針」のおかげで、毎朝の苦しみから解放された。使い出してもう丸十年になる。その新しい針の長さはわずか二〇ミリ、穴の直径は〇・〇八ミリ、外径が〇・二ミリ、まるで髪の毛のような細さなのだ。

蚊の針のような注射針をつくりたい、とテルモの担当者から話を持ち込まれたとき、周囲の人はそれは絶対ムリだ、と反対したが、岡野さんにはぼんやりとした図面が浮かんでいた。それで「やってみよう」、とテルモ側が提供する一切の開発費を受け取らずに、ひとりでつくり始めた。町工場のオヤジが、ミクロン単位の注射針の開発を手がけだしたのである。

その発想の元となったのが、「これだよ」といって岡野さんが私の目の前にぶらさげた一個の鈴であった。ボケーッとしている私に岡野さんはこんなふうに説明しだした。

「それまでの注射針はいわば竹槍のようなもので、先を四方から切っている。でもおれの作った針は一枚の板からできているんだ。注射針だけど、板なんだ。先を細くするには、そこを丸めればいい。ただ、液の通る筒の部分を細くなめらかにするには工夫がいった。でも、元の発想はこの鈴なんだ」

その鈴は岡野さんが二十歳のときに作り上げたものだ。それまで三つの部品を組み合わせて作っていた鈴を、一枚の薄い板から製造した。その発想と創意工夫が、五十年後に世紀の発明となって蘇ったのである。

その話を聞いた後も私は二度ばかり岡野さんの話が聞きたくて訪れた。途中、町工場のある町のよさを堪能しながら、こういう環境に育ったらさぞかし発明好きの少年が育つことだろうと思ったりした。しかし、おしなべて町工場は貧しく、旋盤や機械の音がさみしく感じられる。どうやら岡野さんは特別な少年だったようだ。

「あのね、おれたち金型屋はプレス機を売る大会社のいわば下請けだったんだ。プレス屋にこういう金型を作れと命じられたら、そのひとつの製品を一晩も二晩もかけて作る。だけどそれをプレス屋に売っちまえばそれきりなんだ。むこうの課長はえばりくさっているが、金型がなければ加工品の大量生産はできない。それでね、おれはこれではいつまでたっても駄目だ、と思った。だけどプレス屋の商売を邪魔したらつまはじきにされる、っていうんで、金型付きの完全自動化設備をプラントとして売る方法を思いついたんだ」

「なんですか、それは。分かりやすく説明してくださいよ」

「分かりやすくか、めんどくせーな。つまりだ、金型だけでなく、金型を取り付けたプレス機を売るということだよ。これだったらプレス屋の仕事を侵すことにはならないからな」

あるとき、こんなことを岡野さんは言い出した。

「プレス屋というのは儲かったんだ。おれが若いとき、あるプレス屋のオヤジがでかいモーターボートを買ってね、向島の芸者を何人か乗せておれも一緒に江ノ島あたりまで連れて行かれたんだ。ところが岩にぶつかってボートの底にアナがあいちまった。便所がすっとんじまって海水がドッと浸水してきて、オヤジは叫ぶわ芸者はしがみついてくるわでおれはおぼれ死にしそうになったことがあるよ」

「プレス屋の社長はどうなったんですか」

「生きていたよ。ずぶ濡れになって岩にしがみついてね。顔中傷だらけになっていたなあ。でもいいオヤジだったなあ。不景気を知らずに死んでいったよ」

岡野さんの名刺には代表社員、岡野雅行とある。七人の社員の内のひとりというわけだ。よくこれだけで年商数十億円も稼ぎ出せるものですね、と聞いたら、

「おれの娘が美人でね、こいつがいい男を釣り上げたんだ。理工科のトップでこの痛くない注射針を細くする設計もみんなコンピューターを使ってこの男がやってくれたんだ。手作業はおれだけど、それを完成させたのはこの男なんだ。あとは機械がやる。だから七人で充分だよ」

「新人はとらないんですか、仕事はどんどん入ってきているでしょう」

「それが困っているんだよ、来年高校を卒業するやつがどうしてもここに就職するというんだな。群馬にいるんだが親も挨拶にきたしさ、どうもおれ大分前に電話で、オッケーよ、なんていっちゃったらしいんだよ、困っているんだ」

岡野さんは額に深い皺を刻んでしきりに人差し指で掻いていた。

最初、岡野さんを訪ねたとき、私は和菓子を持っていった。すると帰りに高級蟹缶詰をみやげにくれた。つぎにケーキをもっていくと、今度は高価な幻の焼酎をくれた。その次は「天一」に招待するといいだした。この方はいつも倍返しなのである。やりにくくて仕方ない。

両親に捨てられた少年

大阪弁で「必死のパッチ」といえば、がむしゃらまでに、死にものぐるいで必死にやることだという。松本貢一クンの場合がまさにそうだった。

大阪市住吉区我孫子の市営住宅に、親子三人で暮らしていた貢一クンの身の上に異変が起こったのは小学校六年の五月のことだった。その日、学校で教師、親、生徒の三者面談が行われた。帰り際に母は、「お母ちゃん先に帰ってるからな、気ぃつけて帰っておいでや」といって先に学校を後にした。

だが、家に帰った彼を待っていたのは、ふて寝する父のだらしない姿だった。その日、母は夫と息子を置いて家を出ていったのである。彼が母と対面するのは、それから実に二十九年後のことになる。

父は屋台でうどん屋をやっていた。一杯百五十円のうどんで毎日の売上げが一万円ほどもあったが、家は貧乏のどん底にあった。理由は「おとう」のギャンブルのためである。

家に人を集めて毎日丁半博打に興じる。週末は競艇、そして競輪、競馬。家にはほとんどお金をいれず、母は近所から小銭を借りて生活費にしていた。しかし、高利貸しの厳しい取り立てには辛抱ができなくなった。

妻に逃げられても父のギャンブルはやまなかった。それどころか、うどん屋の仕事もいい加減になった。一年後、中学生になった彼は、やっと買ってもらった十二色の色鉛筆のうち、赤鉛筆だけが抜かれているのを知って絶望する。赤鉛筆は競艇や競輪の予想紙に赤で印をつけるために必要だったのだ。

競艇でイッパツ狙う傍ら、父はピラニアを飼ってそれで一儲けしようと企んだりしていた。それでも彼は向かいに住むパン屋のおばちゃんの励ましをうけて、明るく生きようと決心する。「こころまで貧乏になったらあかん」けなげにもそう自分にいいきかせる。

ある夜、彼は自分の上に人が乗っているのを感じて目をさます。そこに包丁を持った父がいた。「すまん、わしと一緒に死んでくれ」そう泣きじゃくって包丁を振り回した。彼は死にものぐるいで抵抗し、畳に崩れ落ちた父を今度は自分が生きるために必死でなぐさめた。頼みのピラニアが死に、父は生きる望みを失っていた。「この家を出よう。ここにおったら借金取りに殺される」

そういっていた父はひとりで翌朝姿を消した。彼は十二歳で両親に捨てられ、ひとりぼっちになった。父が消えた日、ガスがとめられた。やがて電気もとめられ、小さなローソクだけが明かりとなった。朝は新聞配達、夕方は洋食屋の手伝いをして糊口をしのいだ。そんな彼のところにも借金取りがやってくる。しかし彼の演技過剰ともいうべき身の上話に涙したやくざは、意外にも五千円を置いて帰っていった。

そんな彼が一本の落語のカセットテープに引き寄せられる。誰かが捨てていったものを拾って持って帰ったのだ。ひとりになったおかげで存分に暗記する時間ができた。これは神様の引き合わせだと思う。落語に魅入られた彼は、いつしか自分も落語家になりたいと思うようになっていた。やがて彼は二代目桂枝雀の弟子になり、のちには桂米朝に師事した。

二〇一七年には落語家生活四十周年を記念した独演会が六月に東京フォーラムで開催された。そこには千五百人の観客が集まった。明石家さんまもゲストで出演し、彼は大ネタ「地獄八景亡者戯２０１７」を熱演した。その最中、超満員の観客の間からどよめきがおこった。シークレットゲストとして桑田佳祐が白装束に三角布の額烏帽子を巻いて登場したのである。

当然桑田が来るのを知っていた彼は、二十分過ぎても出てこない桑田を心配して、借金取りに責め立てられた子供のようにオロオロとしていたという。松本貢一こと桂雀々の少年時代の苦難は、珠玉の人生となっていまも続いている。

小説を書くから生きられる男

笑顔も浮かべる牛蛙。

『苦役列車』で芥川賞を受賞した西村賢太氏と初めて会ったときの印象である。ポスターなどではむっつりした写真を使っているので、底辺を這いずり回ってきた男の目一杯不機嫌さを表した顔とだれしも感じるだろうが、実際の西村氏はちゃんと笑えるのである。それも四十三歳にしては純粋で童顔に似合う笑顔である。

この受賞作がどういう小説かというと「平成の私小説作家、ついに登場！　昭和の終わりの青春に渦巻く孤独と窮乏、労働と因業を渾身の筆で描き尽くす」と単行本の帯にある。最高学府を卒業した編集者がそう書くのだからその通りなのだろう。ただ、私が書けば「生きるというのはやっかいなものだが、そのうちいいこともあるだろう。仕方ねえ、今日も冷凍イカを運びにいくか」ということになるのだが、このコピーではまったく迫力がないのでまずボツになる。

朝吹真理子さんとの受賞作二作が掲載された「文藝春秋」は十万部の増刷をしたそうである。

しかも西村氏の単行本は三十万部を突破したということだから近年稀なる快挙である。芥川賞受賞作といってもせいぜい二、三万部がいいところなのである(ちなみに、私の受賞作『九月の空』は三十二万部売れた。うむ)。

受賞会見で、今日は風俗にでもいくつもりだった、と西村氏はいって記者を笑わせていたが、それはシャレでもなんでもなく、もし落選したときはさみしさを紛らわせるつもりで本気でいこうと思っていたという。ちなみに今年はまだ一度しか風俗にいっていないそうである。そういう話になると俗人の私はすっかり嬉しくなってしまい、金もなく借金地獄にも陥っていた(作品「小銭をかぞえる」より)のによく風俗にいけていたねと訊くと「ソープは高くていけないので、安いマンションヘルスにいっていました。ただ、外見はひどい女ばかりでした」といったあとで西村氏は「今度は受賞した自分へのご褒美のつもりでデリヘルで3Pをやってみたいですね」とテレながらいっていた(3Pの意味が分からない方は研究を)。

窮乏時代の西村氏は二万円足らずの家賃を四年も滞納したそうである。随分ノンキな大家だと思うのだが、最後には本気になって弁護士をたててきたという。それで二年半かけて返済したところに氏のしぶとい誠実さが現れている。滞納したまま、結構とぼけちゃうやつがいるのである。

西村氏は私小説作家で一九三二年に凍死した藤沢清造の没後弟子を標榜しており、散逸していた藤沢の作品を集めて全集七巻を出そうと決意し、そのための貯金を十年近く続けた近頃、やっと一巻目が出せるという。氏の小説に「腰」が入っているのはそういう暗がりで生き抜く熱情があるからである。

授賞式のあと西村氏からファックスが入った。その最後にこういう一文が書かれていた。

「名刺を渡してくる人の列が延々と最後まで続き、東京會舘の名物と云うカレーライスも口にできぬままでした。……随分と馬鹿馬鹿しい話ですね」

このエッセイを書いてから七年たった。西村賢太氏は五十歳になった。その間、彼は自署が刊行されるたびに私のところに本を贈呈してきてくれた。そんな律儀な作家は北方謙三氏、大沢在昌氏、唯川恵さん、そして賢太氏の四人だけである。こんな私にまで……と、ありがたく思っている。

文芸復興をめざす人

三十年位前までは、全国各地で合計三百程の同人雑誌が発行されていた。これは大手出版社の文芸誌に送られてくる同人誌の数なので実際はもっと多かっただろう。だが地味な文学修業ははやらなくなり、若者はイッパツを当て込んで注目度の高い賞や賞金額の多い賞に直接応募するようになった。

それに地方にいる文学の権威、長老といった人達と同じ席で文学論を戦わせることにうんざりしたといった人達が同人誌から遠ざかったこともある。いまでは発行される同人誌の数は百以下だろう。

その中にあって「埋もれた文芸創造のエネルギーを世にだそう」というスローガンのもとに頑張って雑誌を出し続けている人がいる。この人、五十嵐勉氏は六十九歳。「文芸思潮」という文学雑誌の発行者である。

この雑誌には小説だけでなく詩、エッセイ、戯曲、評論が発表されていて、財源の元になっているのは三百人あまりの定期購読者の支払う購読料である。雑誌代は一冊千百円で年三回発行、すでに三八号を数えている。私はお金のことには敏感なので、すぐにそっちの方を考えてしまうのだが、原稿料はなしとしても、印刷代や製本代、その他雑費が加わると一号につき最低三百万円はかかり、とても定期購読者だけでは支えきれないのだろうと勘ぐってしまう。

それで何か別の儲け口があるのだろうと五十嵐氏に尋ねたことがある。実はこの雑誌の中心になっている同人がいて、それは作家集団「塊」という名の八人組なのだが、実は私もその一員に数年前から加わっているのである。投稿されてきた作品を読む係りを仰せつかっているのだが、酒にむせんでさぼり続けてばかりいる。

「有料で投稿原稿の添削をしてますし、自費出版も請け負っています」

と五十嵐氏は胸を張って言う。それだけじゃやっていけないはずだ、第一あんたの生活費はどうやって捻出しているのだと私は偉そうにきく。

「実は借金が一億円ほどあります」

今度は意気消沈して答えた。五十嵐氏自身、文学青年であったらしく、早稲田大学文学部文芸科を卒業、三十歳のときには「群像」で新人長編小説賞を受賞している。バンコックで「東南アジア通信」という雑誌を刊行していた氏が、日本文学の復興をめざそうと思い立ち、私財を投げ打って「文芸思潮」を創刊したのは〇五年のことである。ここでは「まほろば賞」という同人雑誌に書かれた作品を対象にした文学賞を創設し、「芥川賞をしのぐ作品を見出そう」と気合い充分である。

その八回目の選考会が昨年十月三十一日に徳島県三好市のホテルで行われたのだが、これが公開選考会という形をとり、選考委員だけでなく、会場にきた同人雑誌の書き手自身が投票に加わり最優秀作品を選ぶという同人雑誌史上初めての試みをもった。何故三好市かというとここは富士正晴氏の生誕の地であり、全国同人雑誌フェスティバルをやろうと五十嵐氏が発案して文芸交流を催したものである。ますます意気軒昂なのだが、それにしても一億円とはなあ……。

元技術者の誇りと経験が汚染を防ぐ

福島第一原発の事故以来、様々な問題提起がなされ、原子力発電所の建設に携わった政治家、官僚は雲隠れし、罪のなすりあいをしている。勢いを得た反原発の運動家たちは、ここぞとばかり自然発電の必要性を説いて回る。それでもしぶとく原子力発電の安全性と日本の技術力の高さを、企業利益の目的を隠して良識派ぶって述べる老人もいる。まさに百鬼夜行である。

そういう混乱の中で、元技術者が大震災発生の三カ月後にある呼びかけを行った。それは、原子力発電所の再暴発を防ぐためには十数年間、安定して作動する冷却装置の設置が必要であり、まずはその建設、保守、運転には元技術者や技能者の協力が不可欠である。そしてその上で日本の最高の頭脳者を結集できる体制つくりをすべきだと発言し、賛同した元技術者たち高齢者が二百人以上集まったのである。

「福島原発行動隊」と名付けられたこのシニア行動隊には技術者ばかりではなく、原発設計者、原発管理者、理化学研究所らのＯＢも参加している。提唱者の山田恭暉氏は元住友金属で廃棄物処理、プラント・エンジニアリングなどを担当していた。現在七十二歳(当時。一五年に永眠された)の山田氏はすでにメディアなどで数多くとりあげられていて経歴も知られているが、東大在学中は安保世代で社会主義学生同盟副委員長をしていた。

「福島原発行動隊」としては東電に対して下請けではなくパートナーとして対等の立場を要求しているが、東電は当然ながらそれは認めない。しかし、山田氏らが抱くだけの情熱と責任感が東電幹部にあるとは思えない。すべてはこれからで、山田氏は「現地ではまず、訓練された有能な作業員のもとで瓦礫、汚染水の処理」から始めるべきだろうと冷静にみている。

現在の事故現場のような司令塔がいない状況の中では、ボランティア会の代表と称するニセ医者が登場してしゃあしゃあと患者を診断し、寄付金をとったりするような輩も出現するものだが、「自分たちがやろうとしているのは若者へのおもいやりではない。高齢者のほうが被曝しても影響が少ないし、生活面でも安定しているからです。私たちの活動はそんなにかっこうのいいものではない」と山田氏はいう。

そんな山田氏の呼びかけに同調した三人の方と先日蕎麦屋で会った。会を一般法人化することに尽力した行政書士の家森健氏は雑誌の記事を読んで「年寄りの冷水で原子炉を冷やすのか」という冷やかし半分で会を覗いたのだが、いまではこの仕事が人生の集大成とまで思うようになった。独身の家森氏は思いとは裏腹にむしろ淡々として生きている。無暗に反原発を叫びたてることもない。家森氏なりに核燃料サイクルの将来を知識として蓄積した上で、山田氏の呼びかけに賛同したのである。

副理事長の佐々木和子さんも山田氏と同じ安保世代である。原発事故の犯人探しに終始するだけの今の論調に嫌気がさし、我々の世代の不始末は自分たちでとるべきだと思い立った。夫と二人暮らしで、時折チェコ語の翻訳をするが、現在ほとんどの時間を会につめて過ごすという。佐々木さんの思いは貴重だと思うが、我々の不始末は自分たちでとるべきだ、という考えには私は同調できない。私はそんな恰好いい野郎ではない。

N氏も団塊の世代であり、これは自分もやらなくてはと応募した。出版プロダクションを経営しているが原発反対でも推進派でもない。この三人の目的はただひとつ、「反原発」を声高に叫びたてることではなく、事故の収束なのである。

大阪大学で「東日本大震災と原発事故、いま関西からできること」と題する公開講演会が開催され、専門家や科学科の教授陣に混じって楽天家作家の私も参加することになっていた。私の演題は「反原発は偽善者、利己主義者にとっては心地よい響き」というものでおよそ科学的とはいい難いものであった。講演のタイトルがそのまま講演の内容を表現していて、今更という感じもあったのだが、とりあえず講演原稿はまとめておいた。

反原発を唱えておりさえすれば正義、良識ある人間と思われる、という輩が徘徊しだしていることに、はなはだしい嫌悪感を持っていた。今なすべきなのは事故の収束のための行動なのである。それで本物を見極める目が必要なことと、論調にはいくつかの誤解があることを下書きにしたためておいたのである。たとえば、核廃棄物を地中に埋めて、有害度を天然ウランと同等のレベルにするまで十万年かかるといっているが、それはフィンランドが採っているやり方だ。詳細は省くが、日本には「使用済み核燃料中間貯蔵施設」がほぼ完成していて、そこで五十年貯蔵できる。その上で最終処分場に送られる。ここまで百年、今すぐ最終処分場の場所を押し付けあう必要はないのである。

しかし講演会の二週間程前から肝硬変が悪化し、ずっとベッドで過ごす日が続き、当日は欠席する羽目になった。

ところがそれから二日たつと急に元気になり、行きつけの医院に薬をもらいがてら外に出て、初めて松屋の牛丼を食ってみた。その食感は四百八十円にふさわしいものであったのだが、もしこれが風評被害に遭っている福島産の牛肉であったらもっとうまい肉が出てきたのではないかと思った。出荷しても売れないから安く買えるのである。

事実、食肉牛の出荷をとめられた畜産業者が廃業しだしていた。それでも、売れない牛だと承知の上で、自分で荒廃した牧場を直し、なんとか頑張ろうとしている人がいることも聞いていた。問題はどうやって私たち高齢者が援助していけばいいのかということである。

私たちくらいの歳になると、放射線など屁のカッパで、仮に放射能が体内で蠢き始めた頃には死なばもろともとばかりに放射能を抱いたまま火葬されることになっている。放射能の影響を恐れる戦争体験のある老人たちは、いったい何歳まで生きるつもりなのだろう。年金組合が破綻し、生活保護費が三兆円を超すはずである。

世の中には確かに老人の役割が必要で、その経験と知識は随分ないがしろにされている。反原発の現場に立っている人たちの中には若者から見向きもされないが、実は貴重な技術を保持している人がいる。コンピューターを部品作りから始めて組み立てができるのは彼ら高齢者だけなのである。

同時にいつの時代にも役に立っていないばかりか、害虫にも劣る老人たちがいるのも事実なのである。子供たちに明るい未来を与えたいとか、自ら社会貢献を喧伝する連中はみな偽善者だと私は思っている。天の邪鬼であるかもしれないが、そういった薄気味の悪い奴らがこの国の中でぬくぬくと調子よく生きてきたのも事実なのである。気高いジャーナリスト精神を持っている人たちが、同世代のエセ良識派の者たちの迫害に遭っているのもまた哀しく情けない事実なのである。

で、牛丼を食べながら、テレビの食レポート番組の様子を思い出していた。タイアップ企画で無料で提供されたステーキを口に含むなり「うあー、おいしい」と叫んでいるタレントたちには是非見せたいシーンがあった。それは食肉用の牛がこめかみに銃弾を食らい、どっと倒れたところに首を鉈でちょん切られる場面である。

血しぶきが鉈を持った人の体にかかり、牛の首からはどくどくと血が流れる。その現実を見てからステーキをおいしく味わえる人がどれだけいるのだろうかということである。それは仕方ないという人がほとんどだろうが、仕方ないという思いの背景には、人間が生きるためには、というもっともらしい解説がつけられる。しかし、なぜこんな偽善的な人間を生かすために牛が殺されなくてはならないのか、と反撥したくなる気持ちが私の中にはある。

福島県民は東京に住む人のために原子力発電所が建てられるのを結果的に黙認させられた。その結果、東日本大震災では様々な被害を受けた。原発を巡る議論は今も続いていて決して合意に達することはない。そうなるときは地球上から人間というやっかいな存在が消失するときであると私は思っている。

議論する人々には自分が人柱になる覚悟があるのだろうか。

ここでは「原発ゼロ」の議論についてまで言及するつもりはなかったが、余談、として書いておきたいことがひとつある。反原発論議で大事なことは最終処分場選定の問題であることは誰でも知っていることだ。だが私はその前にどんな論点から議論しようが、みな最低これだけの知識は持っているべきだと思うことのひとつが、先に記したように使用済み核燃料を最終処分場に送るという「有害物質を保管するための硝子固化体の技術」と「処分技術」そして「貯蔵施設」への流れの問題なのである。

今から十数年後には最終処分場の場所選定も終わり建設工事が行われることになるかもしれない。ただ、いたずらに反原発を叫ばずに、目の前にある現実とどう向き合うか、冷静に判断するだけの知識が必要ではないかということなのである。私は原子力発電所無用論者ではない。核爆弾と核燃料サイクルを同次元で喋る愚かさは避けたいと思っている一人である。

しかし、福島では災害が起きたのである。そして人々はまだ苦しみの渦中にある。なくせと喚いてばかりいるだけでは、被害者の苦難はなくならないのである。

ではどうするか。私たちにできることは地味な活動からでしかない。そしていたずらに「脱原発だ」という政治活動に乗せられてはならない。原発を廃炉にしても放射性廃棄物は残る。議論はそこから始められるべきだし、それには正しい知識が必要だ。原発などなくしたいと思っている私ですら、使用済み核燃料の貯蔵、硝子固化体の貯蔵、そのための処分技術が日本ではすでに確立していることを知っている。

余談ついでにもうひとつ不愉快に思うことがある。それは広島、長崎に落とされた原爆と福島の原発事故がいつのまにか同次元で語られるようになり、反原発を唱えなくては日本人ではないとマスメディアに洗脳まがいのことをされてしまっていることである。おまえはそれでも人間か、と揶揄されるトリックも同じ種類のものである。

人間を語るなら、福島で廃棄処分同然に捨てられ、餓死していった動物、犬猫のペット、牛馬の家畜も同次元で語るべきだろう。私はむしろ人間の癒しになって生きてきた動物たち、食糧となるべく生まれてきた家畜たちの方が余程大事に思える。

その動物たちを棄てるように命じた人間は、どこでも同じように正義面してのうのうと生きているのだ。

もう一度周囲を見てみよう。日本人は放射能と共存して生きながらえているのである。反原発を主張しさえすれば正義だと考えることほど無責任なことはない。まずは各人ができることをする、これが大切なのだ。「福島原発行動隊」のように。

風水師は元自衛隊員

房総半島に通称のこぎり山と呼ばれる連山が聳えている。望遠すると確かにのこぎりの刃が空を睨み付けているようにみえる。建装業を営み、風水師でもあるU氏はかつて陸上自衛隊の空挺部隊の隊員であった。だがのこぎり山で行った最後の訓練のことを思い出すと、三十年たった今も体が震え粟立つのをぬぐい去ることができない。

上官から犬を殺すように命じられたのである。それも、それまで部隊で飼っていた犬である。それを遂行しない限り二年間の厳しい任務が無駄になる。陸士長になるにはその最後の試験ともいうべき訓練を達成させなくてはならなかったのである。

U氏を知ったのは東京競馬場内にある蕎麦屋である。そこで熱燗を呑みながらノンキに過ごしていた私は、同じように酒を呑んで馬券検討をしているU氏といつのまにか話をするようになった。私は彼を小太りの遊び人だと思っていた。彼は私を極楽たそがれ文化人だと信じていたようである。実はその当時私はスポーツ紙に年に二十回、G1レースに限って競馬予想をしていて、その道の達人にはそれなりに顔が知れていたのである。当然馬券は買う。それ故、小遣い銭にはいつも困窮していた。

クソーッ、さすらいのギャンブラーで行きたいぜ。ゴロツキの伊集院静が羨ましい。

それはともかく、空挺部隊の訓練は輸送機から落下傘降下をしたり、ヘリコプターで空挺作戦を行うことが主である。いわば精鋭歩兵隊の役割もしていて、日本に潜入してきたゲリラコマンドに対しても即応できるだけの訓練も積んでいる。その自衛隊にU氏は高校卒業と同時に入隊した。

U氏は格別自衛隊に興味があったわけではない。中学、高校と水泳部に所属していたU青年は、自由形で数々の記録をうちたてインターハイの全国大会で二位になったこともある。自衛隊に入隊したのは水泳の実績を買われて年上の知人から誘われたからで、格別将来の志望をもっていなかったU青年は、誘われるままに入隊検査を受け、空挺隊の普通科に二士として入隊した。

そこで二年間の任期を終えると陸士長に昇進し、さらに上に進みたい者は更新することもできる。だがU氏はそこでやめてミラノにいった。デザインの勉強をしてみたいといつか思うようになっていた。といってデザイナーになろうという強い思い込みもなかった。

預金はあったのでミラノの暮らしは快適だった。あるときローマに遊びにいくと、やけに日本語のうまい妙なイタリア人が声をかけてきた。安い店があるので一杯やらないかという。ハハアあの手のやつだな、と日本人旅行客目当ての客引きだと分かったU君はいわれるままクラブにいった。やたらにきれいな女が横に座りいい気分でいたら案の定とんでもない勘定をふっかけてきた。すでにミラノ暮らしも一年が過ぎ、イタリア語にも苦労しなくなっていたU君は舐めたことをするなとイタリア語で怒鳴った。相手はびっくりして退散した。それがイタリアでの思い出になった。

日本に戻ってきて、また人の紹介で大手のゼネコンに入社した。いい上司に恵まれたが、学歴のないU君は同僚に対して卑屈になることが多かった。そんなとき札幌に出張にいき面白い人と酒場で一緒になった。それからしばらくすると今度は長崎で会った。その人が風水師の村田宗純氏で、これも縁だと思って会社をやめ風水の勉強をしだした。今は元の上司の支援で建装業の会社をやる傍ら、風水師として名乗りをあげている。そのU氏と焼き鳥屋で飲んでいるとき、突然犬を殺す訓練の話を聞いたのである。

「その犬とは一週間も一緒に暮らしていたんです。向こうもなついていてくれていた。その犬をナイフで殺すように命じられたんです。剛胆、沈着が隊員の特質だというけど、目的のない殺しでした」そう語るU氏は、競馬好きの、ごく普通の人なのである。

自分で作る「明日への極意書」

他人にいわれて一番腹立つのが「老けましたね」という言葉である。無神経なことはなはだしい。そもそも挨拶代わりに、そんなことをいわれて喜ぶ人がいると思っているのだろうか。言う人はにこにこしていていかにも善人っぽいが、実は腹の底は悪意で充満しているのである。私はそんな無礼な相手に対して、鷹揚に対応するほど人間ができていない。売り言葉に買い言葉である。だから、

「ひとが老けるのは当たり前ですよ。あなたは老けないんですか」

と普通に言ってやる。すると相手はさすがに狼狽して、「そんなつもりで言ったんではありません、ただ……」

「ただ?」

「老けたなと。でも元気そうでなりよりです」

てなことをいってごまかすのであるが、もうその人間の底は割れているから、私はフフフと不

気味な笑みを浮かべて相手をじっとみつめているだけである。

腹の中では「てめえの顔を見てから言え。老けた上に人相が悪くなったのは詐欺師にでも転職したからだろう」などと思っている。しかし口に出していわずに、ただ、こんな軽蔑すべき奴とはもう今後付き合うのはやめよう、と考えているのである。

私も相当な悪である。むふふ。

いや、そういうことを言いたくて書きだしたのではない。このエッセイでは、妙な辞典が出てきたと読者に是非教えたくて書いているのである。その辞書は「ネガポ辞典」という。

最初に書いたように、老けましたね、と言われて腹を立てた私がいる。そのネガティブな思いを「前向き」にとらえると「大人っぽい」「パイオニア」「風格がある」という言葉に変換できるというのが「ネガポ辞典」の売りなのである。

たとえば、老けましたねといわれて一旦は腹をたてた老婆がいる。それからおもむろに鏡を見ながらこう思う。「十年くらいたったらみんな私に追いつくんだよね。それって私がパイオニアってことじゃない」と思って自信がもてるようになるそうなのだ。その前に久しぶりに会った相手にわざわざ「老けましたね」と吐くやつこそ慇懃無礼の性格破綻者だと思うのだが、この辞典にはその項目は出ていない。似た言葉に「厚顔」があり、この意味は「行動的である、精神面が強い、素直」と解釈される。怒るぞ。

この本は二〇一〇年、全国高等学校デザインコンクールで三位になり、翌年アプリ化されるとテレビなどで紹介されるようになり、それに目をつけた主婦の友社が「千円なら同年代の子に売れるかもしれない」と単行本にして発売した。いまでは十一万部出ている。女子校生だった著者のふたりはそれぞれ札幌で大学生生活を送りながら、第2弾を準備中である。

この本では女の子が自信をなくす「ブス」は「飾り気がない、個性的、化粧映えがする」と変換できるし、「デブ」は「おいしく食事ができる、かわいい」となる。しかし合成語の「デブス」という言葉はさすがに出ていない。「厚化粧のおしゃべり女」もみあたらない。うちの近所にそうとしか表現のしようのない女が住んでいるんだがなァ。

かつて作家の小林信彦氏は「ブス」は差別語として言葉狩りの対象になると危惧して「顔に不自由な人」と書き換えたそうだが、その変換語はまったくウケなかったという。

ネガポ辞典の読者には経営者も結構いて、従業員や部下に読ませたいといって購入した中年男もいるという。「口うるさい」もネガポ辞典では「思いやりがある」と変換されるのだからそこに救いを求めたのだろう。ちなみに札幌に住む三千綱探偵団に著者ふたりの容貌を探らせたら「すぐに分かりましたよ、いまや有名人ですから。一人は眼鏡をかけていますす」とだけ報告があった。

このネガポ辞典のオッサン版といえば「サラリーマン川柳」ということになるのだろうが、どうも上位にくる作品は自虐的で鬱病傾向なものが多い。古くは「『課長いる?』 返ったこたえは『いりません』」「飲み過ぎて　駅のホームがマイホーム」。中年にうけたものでは「いい夫婦　今

じゃどうでも　いい夫婦」といった具合で悲哀が売りになっている。

かつて私も医薬品製造会社の川柳募集に応募し「胃を切って　十キロ痩せて　凧になる」を書いて送ったら優秀作になった。大賞にならなかったのは、選考委員が医薬品会社に遠慮したものだと推察している。

保険会社が募った「サラリーマン川柳」最新版では一位が「ゆとりでしょ？　そういうあなたはバブルでしょ」。三位が「ありのまま　すっぴんみせたら君の名は？」というもので「？」が入っているところが、語尾上がりの高校生の喋りを真似ているようで哀れである。

これらが三千綱私家版川柳になると、「老夫婦　想像力で　ハネムーン」となる。

つまり私が提唱するのはネガ抜きの「私家版ポジ辞典」の製作である。題して「明日への極意書」である。

くだんの「サラリーマン川柳」でもかつて「定年後　犬もいやがる　五度目の散歩」というのがあったが、それに対して「定年後　田舎に帰れば　青年部」というのがあり、これなどは「明日への極意書・川柳部門」の「定年後」の項目に入れられる。これを毎日ひとつずつ作るのである。

三千綱版ポジ辞典では「楽天家」を変換すれば「大空を泳ぐ人、庭に盥を置いて小判が降ってくるのを待っている人、愛人に見捨てられても生きている人」となる。ぜひ極意書を出版したいと願っている。「求ム、スポンサー」

楽天家が愛する作家、哲人

おくの細道、食い道楽紀行

豊かなシニアライフを送る大富豪夫妻と共に、「おくの細道」の旅にでかけた。芭蕉は百四十日かけて東北、北陸から大垣まで旅をしたが、トヨタ・プラドにのった我々はわずか十日間で二千四百キロを走破した。紅葉の美しい季節であったので、行く先々で目の保養を楽しんだ。

まず、栃木の黒羽、雲厳寺の広大な景観に体が震えた。ここは芭蕉の参禅の師、仏頂禅師の旧居であるという。芭蕉は黒羽に十四日間滞在した。黒羽藩の家老の歓待に与ったそうである。

しかし、「おくの細道」が出版されたのは芭蕉の死後であり、四十六歳のこのときは芭蕉の俳名はそれほど地方には広まっていない。だが、江戸時代の俳諧師は絵師と同様、旅先ではそれなりにもてなしを受けたようである。それでも芭蕉の旅は質素で過酷であった。ためしに車を降りて那須野を少し歩いてみたが、太い葦の茎に行く手が遮られ私はすぐに退散した。ちなみに同行した大富豪は、かつて全行程を一人で歩いたという。

江戸時代、その広漠とした葦の原を歩く芭蕉と曾良の姿を想像するだけで頭の中がブラックホールになった感じさえした。しかし風雨の中、殺伐とした原野を歩いた二人はそれでも風流にも俳句をつくっている(『芭蕉『おくのほそ道』の旅』金森敦子著・角川書店)。

「落ちくるやたかくの宿の郭公《ほととぎす》」「木の間をのぞく短夜の雨(吉良)」

その旅の苛酷さを想像しつつ、私たちは芭蕉の足跡をたどりながら、優雅でおいしい旅をつづけた。黒磯ではたまたま入った蕎麦屋でそばがきコロッケや天然鮎のてんぷらに舌鼓を打ちつつ、地元の酒を味わった。ただし、運転手役の富豪夫人の微笑みは不気味に映った。

湯元温泉の露天風呂で朝陽と対話したあと、那須の田園の中にポツンと立った西行ゆかりの遊行柳を強風の中で眺めた。なんでこんなところに西行は立ち寄ったのだろうと私たちは茫然としていたものだが、それでも西行を慕っていた芭蕉は満足していたのだろう。

そんなことを話したのは、仙台の有名寿司店「福寿司」であった。ちらしには青森大間のトロ、ホッキガイ、ヒラメ、牡丹海老、イクラその他がのっていて、ここでも酒がすすんだ。ちらし寿司は五千円であった。

翌日は松島を見物してから中尊寺にいった。松島は芭蕉のあまりにも有名な一句「ああ、松島や……」で観光客を呼び寄せているが、「奥の細道」では「島々や千々に砕きて夏の海」が書かれていて、その前に「松島や　千々に砕けて夏の海」が俳諧一串抄に書かれている(『芭蕉俳句集』岩波文庫)。

松島の後に行った中尊寺もまた観光のメッカである。近くには平泉がある。ただ地の利が悪いせいか、平泉の高舘義経堂は観光客がほとんど訪れることはない。義経が自刃した場所がここで、北上川を見下ろしながら、芭蕉が「夏草や　兵どもが　夢の跡」と句をよんだ場所である。言霊として永遠に生きる句を平然とつくる芭蕉のすごさに私たちは感服し、俳句は絶対につくるのをやめようと誓いあった瞬間でもあった(夏草に恋人たちの愛の跡、と詠んだ私は大富豪夫人にばかにされた)。

鳴子温泉でまたいい湯につかり、立石寺では芭蕉の健脚ぶりにあらためて驚かされ、「閑さや岩にしみ入　蟬の声」を呟いて再び平伏、最上川の川下りでは、「当社自慢の水上コンビニエンスストアーで買い物を」という船ガイドのおばちゃんの愉快な話ぶりに笑いつつ「五月雨を　あつめて早し　最上川」の神懸かった句を思い出し、再び凡人は決して俳句をつくってはいけないと誓うのであった。

もっともこの句に行き着くまでは芭蕉翁も随分推敲したようで、あつめて涼し、という句もある。それに芭蕉は、五月雨が好きだったようで、寛文十年の二十七歳のときには「五月雨も　瀬ぶみ尋ぬ　見馴河《みなれがわ》」という句を作っている(『芭蕉俳句集』岩波文庫)。

酒田では二泊した。「こい勢」というみかけはパッとしないが、とびきりうまい肴をだしてくれる寿司屋に二晩続けて通った。ノドグロ、エビしんじょうのシュウマイ風は絶品。お昼には「ル・ポットフー」でフランス料理をたしなんだ。この店はビジネスホテルに入っていたので、どうせいい加減な味なんだろうと見下していたら、大変上品な味で銀座だったら一万五千円は取られるところをわずか二千五百円でサービスしていた。芭蕉翁が喰ったら俳句つくりを忘れただろうなあ。酒田では富豪夫妻をおいて、私は元芸妓が女将をしている酒場で燗酒を呑んでいた。

翌日、根性と情熱に衝き動かされるままに羽黒山に登ったあとは、新潟まで一直線。「荒海や佐渡によこたふ　天河」を思い出しつつ、市内の「港すし」で一杯。

次の日は金沢の「千取寿司」でコウバガニでまた熱燗。友人の友禅作家毎田健治氏のお気に入りの店で、彼は「わては定連とちゃうがいや。ここはいい値つけよるからな」という通り、富豪御用達の値段であった。上等な寿司を出し、主人の創作肴も絶品であったが、女将がうるさくて閉口した。どうも自分自身が「売り」だと女将は勘違いしているようである。いつもは女を可愛がる毎田氏も終始静かであった。ホテルに帰ると私だけ抜け出して毎田氏と合流し、西の廓に繰り出して日大出の芸妓とお遊びをした。

金沢では芭蕉は片町の宮竹屋に八日間滞在した。この地には有名な卯辰山があるがその西麓にあった源意庵で一句作っている。それは私が最も好きな句であり、あまり公表したくないのは、私には似つかわしくない句だと嘲笑されかねないからで、それは芭蕉の深みをも誤解されそうな気がするのである。だからさっと書く。

「あかあかと日はつれなくもあきの風」

忘れられないのは福井である。「川喜」で高価な蟹にむしゃぶりついて、甲羅に熱燗を注いで感動していたら、支払いの段になって、ひとり一万五千円で予約したものが請求書では三倍を越えていた。三人分で税込み十五万円である。それは優に夫婦ひと月分の食費代になる。クレジットカードを出すとき、貧しさに喘ぐ作家の妻の顔が浮かんだ。

「今日は時化でして市場が高くて」と店の旦那は言っていたが、では予約をとるとき料金は時価だと言うべきではないかと思ったが、横から私の手元を覗き込んだ富豪夫人が、そっと十万円を私に差しだしてくれたので私は都合よく沈黙した。作家の妻がホッとする表情が脳裏に浮いた。

「友達は　富豪でこその　価値があり」

「福井は三里ばかりなれば、夕飯したためていずるに、たそかれの路たどたどし」と福井での感想を芭蕉は記している。

旅の締めは大垣であった。岐阜は銘酒の県である。岐阜には「三千盛」がある。素浪人作家三千綱が愛してやまない酒である。大富豪は純米大吟醸を呑んだが、私は吟醸ではなく純米酒の三千盛をぬる燗にして呑むのがならいになっている。そして、元禄二年（一六八九年）江戸から四百五十里を百五十日近くをかけて歩いてここまでたどりついた芭蕉翁と共に酒を酌み交わした。近くを川船が通っていった。堀には大きな鯉が泳いでいた。

大垣は川の町である。揖斐川の支流にあたる水門川を、初秋の日、芭蕉と曾良は伊勢神宮めざして川舟にのって下っていった。

いったい日本はどうなるのだろうか

ニッポンの大公望といわれた開高健氏が生前CMに出演した。ハドソン川でも鱒を釣ったことのあるという開高氏が日本の川で釣りをして一匹も釣れず、癇癪を起こして釣り竿を川面に叩きつける。そしてウィスキーを飲みながら夕暮れの空を眺め「いったい日本はどうなるのだろうか」と自身の声でナレーションが入るのである。

すでにベトナム戦争を舞台にした『夏の闇』三部作で文豪の仲間入りをしていた開高氏だったが、彼を有名にしたのは趣味の釣りだった。その著書『オーパ!』は釣り人だけでなく釣りとは無縁の人をも狂わせた。とにかく文章が凄かった。濃密そのものであった。その本が出版されて以降、スポーツ新聞の釣りのページが変わった。どこも『オーパ!』の真似をして凝りに凝った釣り記事を載せだしたのである。しかし、偽者の文章では文豪に対してはまるで歯が立たなかった。

開高健氏出演のCMを見て思ったのは、作家にはこの手でギャラを得る方法もあったのかと思ったことと、反戦運動している開高氏より汚染された川に怒りをぶつけている開高氏の方がカッコいいなと思ったことである。

私はホテルマンをしているときに開高健氏と対応したことがあった。小田実氏、鶴見俊輔氏らと夜中ロビーで侃々諤々、当直の上司はうるさいから帰らせろと命令したが私はシカトして三人の話をそばでただひとり聞いていた。

それから七年経った頃のことだ。「青春とは」、という小雑誌からの質問に対して開高氏は「渦中の苦」と答え、私は「セックスである」と書いて読者から嘲笑された。あるとき新潮社の寮に監禁されて中編を書くようにいわれた私は三日間ほどぐずぐずしていた。すると編集者から、ここで書けないのならスキー場にあるうちの寮に行けと命じられて真夏のスキー場の掘っ建て小屋に放逐された。

私が追い出されると代わりに入ったのが開高健氏であった。そこは神楽坂に近い新潮社本社の斜め向かいの一戸建ての家であり、カンヅメ用の部屋は一階二階に各一部屋しかなかった。開高氏はかつてそこに三年間いて二行だけ書いたという実績があった。私は三日で五枚書いたが出ていかされた。CMの出演以来、開高氏は貧しい文豪ではなく豊かな流行作家になっていたのである。でも、偉ぶったところのない熱情の作家であった。

ある実績のある編集者が開高氏と打ち合わせしたあと、別れ際にどうもありがとうございましたと挨拶するのを私は見ていた。開高氏は青年だった私をチラリとみてから編集者に向かって頭を下げた。そして実直にいった。「いえ、こちらこそ、生きる歓びを与えて頂きまして」。ニコリともしなかった。偉い編集者は返す言葉を創出できず呆然としていた。

太宰文学に殉じた生涯

六月恒例の桜桃忌も終わって数週間が過ぎ、禅林寺周辺もいつもの静けさを取り戻したようである。森鷗外の墓と向かい合っていることで、やきもきしていた太宰治の霊も一安心していることだろう。

このお祭り騒ぎめいた桜桃忌とは別に、「白百合忌」が同じ三鷹で毎年ひっそりと開かれている。これは山崎富栄、田部あつみ、小山初代、太田静子の四人の女性を偲ぶ会である。いずれも太宰治と関係のあった女性で、それ故に数奇な人生を歩むことになった女性たちである。

小山初代は最初の妻だが、のち太宰の友人と不倫していたことが露見して離婚している。初代は一般の年譜では心中未遂の相手とされている。ほかの三人は世間的には日陰の女であり、山崎富栄は玉川上水で太宰と共に入水情死したことで、今でも一部のファンの間では敵役として名を残している。しかし、日本に最新の美容術を持ち込んだ彼女は、才媛として名高かった。

「白百合忌」を始めたのは、長篠康一郎氏である。十七代長篠城主であるはずの氏は、父の事業失敗で貧困な少年時代を送り、両親の離婚にも遭う。その中で大学時代に太宰文学に傾倒し、一時は弟子を志す。それも太宰の死で望みが叶わず、その思いは太宰の足跡をたどることに変化していく。

やがて氏は伝説化された太宰の生涯と、太宰の小説を私小説と読んで、その小説をもとに作成された太宰の年譜に疑問を感じ、自ら足で歩いて実証的に文学的生涯を追跡し、調査するようになる。

氏が「太宰文学研究会」を主宰して若き太宰文学ファンと共に、太宰の小説と生涯を研究発表し出すのは、氏が目黒雅叙園に勤めて十数年がたった頃である。じつは四十五年前の初会合に当時二十三歳だった私も顔を出したのだが、太宰信者とおぼしき人達の熱気に押されて、とびとびにしか太宰の小説を読んでいなかった私は腰がひけてしまい、次第に足が遠のいた。

それでも個人的には長篠氏との接触は続いていた。二十三歳のとき私は友人知人から百万円借金をして『シスコで語ろう』というボンクラ留学記を、他人におだてられるままに自費出版してしまったのだが、その借金の残骸ともいえる本の推薦人になってくださったのは実は長篠氏なのである。頼みに行ったとき氏は雅叙園でビール瓶を運んでいた。

従来の中央権威によって作成された太宰文学とその虚像をひっくり返す文章を発表していた長

篠氏は、いくたびかのいやがらせや脅迫を受け、数年間、太宰文学研究会を休会せざるを得なくなった。

あるとき、氏は太宰が田部あつみとともにカルチモンを呑んで鎌倉腰越の小動崎で意識不明に陥り、運び込まれた先の恵風園療養所を訪れたときのことを話してくれた。

そのとき太宰を診た中村義雄院長はまだ健在であり、入院中の太宰の様子を事細かに説明してくれたあと、ここに訪ねて来た太宰研究者はあなたが初めてですといった。それを聞いた長篠氏は驚愕する。評論家の怠慢さに絶望したのである。

その長篠氏が八十歳で亡くなってすでに十年が過ぎた。先頃、氏の信念を引き継いだ無名の後継者によって追悼本が出版された。『太宰治に捧げた生涯』(彩流社)。多くの人に読んでほしい。ことに太宰治にかけては一家言持っている新芥川賞作家の又吉直樹さんには、長篠氏の著作本と共に読んでほしい。そう思ってこれを書いた。

シュリーマンの呪縛

中島篤巳氏といえば、忍術・古武道の研究家という印象があった。平成六年に刊行された『忍術秘伝の書』(角川選書)は忍術好事家にとっては必読の書である。また『正忍記』(藤一水子正武著)の原文を解読したのも、武道だけでなく漢籍の知識があればこそである。また中島氏自身、片山伯耆流柔術の宗家であり、空手道教士六段という武術家である。

昭和十九年生まれの中島さんは戦国古城に関する本もいくつか出版しており、古戦場研究の第一人者でもある。さらに山に関する本も数十冊出版している。

だがその実体は、といえば医師なのである。育った村が医者不足だったことから、阪大医学部に入学、博士号を得て山口県の郷里に戻り中島内科外科医院を開院した。十三年前に閉院したのは、大病院がふたつできた今は自分の役目は終わったと納得できたからである。

現在は病院の顧問という立場にあり、その傍ら日本人だけでなく、外国人にも伝統文化としての武術を朝から晩まで教え、古文書を読み、台湾の山地民族の間で語り継がれる抗日武者モーナ・ルーダオの研究もすすめている。

その中島さんがシュリーマンに傾倒しだしたのは中学生のときからである。年をへるごとに、その強靱な意志と行動力、さらにトロイ遺跡を世界的に有名にさせた情熱と創造力に心を揺さぶられるようになった。

補足するとドイツ人のシュリーマンは一八二二年に生まれた。語学の天才であった彼はクリミア戦争で死の商人として巨万の富を築き、四十一歳で会社を清算し世界を旅する。慶應元年に日本にも来た彼は、翌二年一月、竜馬の周旋による薩長連合が成立するのをみて横浜から米国に渡る。

この日本滞在のとき、彼は横浜から馬で、絹織物が盛んだった八王子にも来ている。ひどい雨でぬかるんだ土砂に難儀して片倉町と町田市相原町の境にある御殿峠をなんとか通過したと日記にある。ここには「戦車の道」と呼ばれる裏街道があり、試作された戦車を走らせて自衛隊がその性能を精査していた。これは割合最近の話である。

二十年前まで国道十六号を挟んだ崖には射撃練習場があり、私もそこで開催されるクレー射撃の月例会に参加していた。参加してくる中にはヤクザもいて、八王子の繁華街を歩いていて、ある夜、そのうちの若頭から「センセー！　尊敬してますよォ」と大声で呼ばれて冷や汗をかいた。実は私の住んでいるところからゴルフ練習場になっている御殿山は十五分ほどでいけるのである。ごめん。

その後考古学の勉強を本格的に始めた中島篤巳氏だが、「ホメーロスのトロイアはヒッサリクの丘である」としてシュリーマンがトロイ発掘の第一歩であるヒッサリクの丘の発掘を開始するのは一八七〇年、彼が四十八歳のときである。中島青年はそんなシュリーマンに壮大な夢を感じながら八千人の村人の診療に追われていた。

そんな中島氏の前に「トロイ遺跡図譜」の仏語版原本がぶら下げられたのは平成四年のことである。この本は当時世界で二冊しかその存在が確認されていなかった稀少本である。このときからシュリーマンの呪縛が始まる。
「これを買わなくては日本の夢と勢いが消える」
そう思った中島氏は妻に内緒で銀行から資金を調達して原本を購入する。まず英訳をはじめたが、仏語を知らない中島氏はNHKのフランス語講座から始めるという涙ぐましいまでの努力を四十五歳から重ねることになる。その本を買ったら離婚します、と妻にはいわれていたから、書斎のドアを妻が開ける気配がすると、すかさず原本を隠した。

仏語版の英・和訳を終えた平成十一年に、ロンドンで独語版の原本が発見された。シュリーマンが出版したのは独語と仏語版である。中島氏は正面から奥さんを説き伏せて、ついにこの稀少本をも手に入れた。それから再び、中島氏の孤独で悦楽の夜が始まった。診療が終わると晩飯もそこそこに書斎にこもり、毎晩三時まで、慣れないラテン語とギリシャ語とも格闘した。

そして平成十三年の暮れについに仏語版を原本とした日・英・独・仏の四カ国語版が完成した。翌年これを一冊三万円で五百部だけ自費出版した。その内の一部を手に入れた私は夜中にふと「プリアモスの財宝」の実物写真をみて嘆息する。三年間ブル太郎のイビキを書斎で聞きながら私はその翻訳本を眺めていた。ブル太郎が死んだあとは氷見子がつきあってくれた。今はひとりである。

なお中島氏の情熱は留まる事を知らず、現在は未公開の織田家史料を元に「安土城の本当の姿」を調査研究中であるという。世の中にはすごい人がいるものだ。

谷沢永一氏が事件とするもの

今でも胸に引っかかっていることがある。十年ほど前の文藝春秋に必読の教養書二百冊があげられていたが、それに加えて読書家五十二人に生涯一冊の本をアンケート形式で答えてもらっている。その中に書誌学者谷沢永一氏の著作は見あたらず、読書家としての名もあげられていなかった。なんだこれは、と思わず呻いた。奇異であったと同時に本の推薦者に陰湿な悪意を感じたのである。

一般の人にこそあまり馴染みはないかもしれないが、谷沢氏こそは雑学乱読の騎士であり、その著作は世間への深い洞察力、批判、風刺に満ちていて小気味いい。

その著作の中でも、私だったら谷沢永一氏の書評コラム『紙つぶて・自作自注最終版』（文藝春秋）を推薦する。これは昭和四十三年に刊行された『紙つぶて』四五五篇に自ら新たに注釈を加えて平成十七年に出版されたものだ。この六百字書評に書き加えられた五百字の自注が秀逸で谷沢流文明批評になっている。

もともと谷沢氏は博覧強記の学者として孤高を持していて、谷沢氏に批判を受けた学者が反論をしたために、またまた谷沢氏の深い知識に基づいた激論をうけて、学者生命を失うということもあった。谷沢氏は単なる近代文学の学者であるだけではなく、国学、フランス文学、経済にも精通しているのである。

たとえば、「ケインズの原典」というコラムでは「日本の読書界には、原典よりも解説書を歓迎する積年の悪弊が認められる。（略）その意味で、彼（ケインズ）の体臭のにじみ出た『説得評論集』（ぺりかん社）の訳本が出たのはありがたい。この本と既刊の『人物評伝』（岩波書店）とは、第一次大戦後の政治状況を知るには必読の基本文献で、ヨーロッパ的政治の内面をこれほどリアルにえぐった描写は、他に類例を求めがたい」と六九年に書いた後の、平成十七年版の自注の最後の行には、「ケインズはホモであるから社交用のシャンデリアとしてロシア生まれのダンサーと結婚した」なんてシャレーと書いているのである。

日本近代文学館の資料誌を書いた後の自注では、丸山眞男に触れ、彼の後援会誌のような雑誌が出たことについて「専ら神格化し礼拝するための寄り合いである。（略）先人を乗り越えようとの意欲を持たない仲好し倶楽部は、合唱隊のお稽古であって学問ではない。丸山真男の生涯を貫く主題は、近代日本を呪い殺すための、持ってまわった修辞学であった」と手厳しい。

八一年の、ホステスのサービスが男の優越感を刺激する、と書いたコラムの自注では、遊郭の廃止を叫んで運動に成功した人たちは遊郭の実態と機能を知らない人たちだったと看破してから、遊郭の部屋の内装が実は理想的な家庭の居間のようであったと描写する。それはなぜか。「嘗ての遊郭も現代のクラブも、今は老けて気働きのなくなった女房を、致し方ないと男に諦めさせ、離婚に走らせるのを防ぐ、我慢薬であり忍耐薬なのである」と中年、初老から満腔の賛意を得る批評をサラリと書く。

後年、谷沢氏は『いつ、何を読むか』(ロングセラー社)という新書を発刊した。これには年代別に読むべき本、五十三冊をあげているが、それは単なる読書のすすめではない。読書習慣のない若者相手でも谷沢氏は手を抜かないのである。たとえばヴェルナー「円の支配者」では谷沢氏の日銀に対する最後の批判「今後も我が国の新聞各紙は日銀の逆鱗に触れることは決して書かないであろう。我が国は日銀法王の支配下に入ったのである」が効いている。

自分の領分である書誌学では花田清輝についてちょっとシャレたことを書いている。その部分を引用してみる。

「フォード監督の「荒野の決闘」ではヘンリー・フォンダの渋味に加えてドク・ホリディ役のヴィクター・マーチュアと面立ちと押し出しがそっくりの花田清輝は、評論集『アヴァンギャルド芸術』のカバーに「著者近影」として自分じゃなく彼ヴィクター・マーチュアの写真を入れようとしたが不粋な出版社の反対で実現せず、この種の耳寄りな挿話を織り込んだ新機軸が『花田清輝全集』の「年譜」、全巻の編集に精魂を傾けた久保覚の入念な仕上げは書誌学の魅力を満喫させる」、と記している。

ところで、谷沢氏は司馬遼太郎さんが好きだったようで、コラムにもその人となりをたびたび紹介している。「読書には間道も便法も特効薬も免許皆伝もない」というコラムの余白ではこう書いている。

「新聞雑誌の編集者が、企画の新案に窮したとき、諸家に発するアンケートの定型があった。一冊の本、という問いかけである。（略）そのような方向での問いに答えて、司馬遼太郎は、なにがおもしろかったといって、稗史小説のたぐいでは、M・ミッチェル女史の『風と共に去りぬ』だった、と記した。もちろん影響関係をどうのこうのと言わず、しかしまた多少はほのめかしてもいる。その言わんとするところ、小説は何かを真似るという意識で書けるわけのものではないが、しかしその何かに傾倒し興奮した場合、脳裏にしみこむ呼吸とリズムの波動があろうという意味である。

ヴァレリーは、或るひとつの作品は、自分自身の生成過程、それも可能な限り真実から遠い生成過程を想像させることを秘かな目的としているとも言えよう、と記した」

名文である。

そして読書について谷沢氏は、ある書物との出会いは自分の身の上だけにおこる事件だと総括している。近頃自分をマスメディアに売り込むのに忙しい、学者面したエセ学者に聞かせたい話である。

中村天風氏の教え

　中村天風氏は六八年に九十二歳で亡くなっている。その人生は壮烈である。天風氏のことを「ヨガの大哲人」という人もいるし、「真理の探究者」と呼ぶ人もいる。若い頃の天風氏は、インドの森にこもってヨガの鍛錬をしていたことがあるが、ある夜、右膝のあたりに冷たいものを感じて目を開くと、眼前に豹が立っていたという。そのときの感じは、無我夢中であり、無邪気な気持ちであった。その話のあとで天風氏はこういっている。

「心のなかで思ったり考えたりすることを、心のスクリーンに想像力を応用して描くと、それが期せずして強固な信念となる。信念となると、それがいつかは具体化するのが必然の神秘なんだ、ということが悟れたわけだ。これなんだよ。『思考は人生をつくる』という言葉の意味は」

（『成功の実現』日本経営合理化協会出版局編）

　私は天風会の会員ではないが、天風氏が講演で語った言葉を集めた本はよく読んでいる。楽天家の私でも、気持ちが萎えたり、あるいは落ち込んだりすることがある。酒をのんで憂さ晴らしをしてしまえばいいが、それでも心がすっきりしないときなど、天風氏の本を読む。

「人生で何が大切かといって、積極的精神以上に大切なものはない」

その言葉に接すると、自分がその前の瞬間まで、消極的にそのときの人生を見ていたことに気付かされてハッとするのである。

「心が積極的であれば、人生はどんな場合にも明朗、颯爽溌剌、勢いの満ちみちたものになる」

人生の奥深いところを、簡単な言葉でいってしまうところに天風氏の凄さがある。それだけに天風氏を師と仰ぐ人が多かったのだろう。古くは原敬、東郷平八郎などの政治家や軍人、また双葉山や第七世松本幸四郎などが天風門下に入った。松下幸之助や稲森和夫氏らも天風氏に薫陶を受け、その生き方の説くところを事業経営にも役立てたという。

そんなふうに書くと、天風氏を宗教家のように勘違いする人もいるかも知れない。ところが全く違う。宗教を信じている人に対して「あんた方はすぐお金を出す、神様までお金で買収しようとする、それは神を冒瀆し、仏をないがしろにしていることになる」と手厳しい。天風氏は医者でもあるし、ヨガの達人でもあるし、哲学者でもある。

「神や仏に求めたり願ったりしちゃいかんぞ。神や仏は宇宙真理の代名詞なんだから、これは崇め尊ぶべきものだ。何も祈らない」

それが天風哲学なのである。私はこの言葉に出会って以来、まるで自分が創った哲学のように「愛用」している。宮本武蔵も吉岡一門との決戦の前に神社の前で同じ事を言っている。ただしこれは吉川英治版宮本武蔵での話である。

天風氏は自ら自身の哲学を宣伝したことはなく、人々はどこからともなく集まってきて、天風氏の死後も天風会の会員は増え続けている。すでに百万人を越えたという説もある。

ところで、私はいつもソファの横に手鏡を置いている。それは鏡に写った自分の顔の眉間に自己暗示をかけるためである。自分の念願がいつか叶うと信じ込ませるためである。それは信念をより強めるための鍛錬なのである。それを天風氏は「暗示力の応用」といっている。私は誰も知らないところで、いつか君の書いた本が世界中の書店に置かれる日が来る、とけなげにも暗示をかけているのである。

楽天家の毎日

日常に潜む武道

世間的には全然名前が知られていないが、坪井香譲という人は私の師匠である。何の師匠かと問われるとちょっと説明がむつかしいのだが、一応私は「気流法」の師匠だということにしている。相手はキョトンとしている。当然である。

坪井氏を師匠と呼ぶようになって十年ほど経ったある日、カルチャーセンターで、坪井香譲師範の講義があると聞いて出かけてみた。私は例年御岳山で修行を受けていたので、そういう一般大衆ウケする場所で師匠が講義をするということが意外だったのである。

題目は「古武術の身体を読み解く」というもので、身体に仕組まれている仕掛けを解き、指の小さな動きでも、身体の内部に変化が起き、集中力を高めることができる、といった講義をされた。

その秘密の指は「薬指」であり、武道家にとっても、その使い方が鍵になるという。たとえていうと撃剣家は左手の薬指一本で木刀を操作しているようなのである。

そういった武術の神髄ともいえることを、サラリといってしまうのが坪井師範の面白いところで、主婦や老人が参加しているオープン講座で話したところで、どれだけの人が理解できているか疑問なのだが、師範はどんどん話を進めていって、途中、真剣を取り出して、古武道の「八相」の剣義を披露したりもした。大変なサービスぶりである。私はちょっと驚いた。久しぶりに俗世に降りてきて気が変になったのではないかと思ったほどである。

坪井香譲師範は、「メビウス気流法」の創始者である。気流法と聞くと、なにやら呼吸法か気功の一種のような感じがするが、これは武道である。その究極の達するところは「光の武」であるという。それは何だ、と訊かれても私には説明できないが、武道を少しでもやった人なら、胸に響く言葉である。その言葉に痺れて、二十年前から私は個人的に瞑想して神髄を得る試みをしているが、全然だめである。

かつて私は、大東流合気武術の宗範である故佐川幸義先生に入門したことがある。といっても身体の鍛錬ができていなかった私は、「危険だから」ということで、先生から直接指導を受けることは叶わなかった。だが、佐川先生が不世出の武術家で、大東流合気武術の創始者である武田惣角先生以来、「合気」を会得された唯一の武道家であることは認識できた。

「合気」とはくずしのことで、敵が身体にふれてきたとたん、敵の力を吸い取って撥ね飛ばしてしまう技術である。九十歳を過ぎてもなお、現役で道場に立ち、百キロもある武道家を眉ひとつ動かすことなく、子猫のように吹っ飛ばしてしまう先生の武術はまさに神業であった。

佐川先生のことについては、高弟である元筑波大学数学系教授だった木村達雄氏が『透明な力』（講談社）という著作で、その頭脳明晰さと、鍛錬ぶりを書いておられる。ただ、木村氏にしても「合気」が、どのようにして生まれるのか、まだ会得できないでいるという。

だが、その話を木村氏が私にしていたのは私の入門時の二十数年前のことで、現在では立派に佐川先生の極意を会得されたようだ。数カ月前、私は久しぶりに道場を訪れ、佐川先生が逝去されたあと、木村氏を慕って集まってくる人達を前に木村氏と立ち会ったのであるが、その身体に触れたとたんにはじき返された。強い力ではなく、電気くらげの反撃を喰らったような（といっても電気くらげなど知らないが）プチプチとした衝撃だった。

私はいつも、佐川先生からいわれたことを噛みしめている。あるとき、先生と木村氏と三人で炬燵に入って相撲を見ているときだった。休場した力士のことをアナウンサーが喋っているとき、ふと先生は呟かれた。

「身体の具合が悪いからといって、鍛錬を怠ってはいけない。それでは頭も働かない。気力、体力が衰えれば、考えることも衰えてしまうでしょう」

それは私に対する言葉のような気がして、私はもう先生の前には出ることができないと痛感したものだった。当時私は酒ばかり呑んでいた。

多分、私は坪井師範の向こうに、佐川幸義先生の面影を見ていたのかも知れない。一方は峻烈な武道家であり、坪井師範は、心理学を学ぶ文学青年から合気道に入り、やがてあらゆる武道を研磨し、実践を繰り返してきた研究家でもある。その入り口は違うけれど、いつの日か、坪井師範が、佐川先生のいう「合気」を会得するのではないかと期待しているのだ。

佐川先生は「合気」で数名の者を同時にすっとばした。「メビウス気流法」の公開講座での坪井師範は「浮き身」の技で、やはり腕をおさえた四人の男を吹き飛ばしてみせた。

「浮き身」は気流法の技術のひとつで、たとえれば、せせらぎを渡る足運びである。一瞬の集中力で、自分の身体を無重力にするという。

その気流法の基本は「やわらげ」である。試しに両腕を斜めに、掌が向き合うように広げて上げ、そこから8の字を描くように、正中線を意識して回してみるといい。身体のあちこちが動き、まったく違った次元に入ることができる。

気流法は武道である、というのは私だけの実感であるかもしれない。「光の武」と坪井師範が口にして真剣を抜刀したことがあったが、それは冬の日、御岳山の道場に籠もって修練を積んでいたときのことであり、そこにいたのは十名ほどの稽古生だった。

普通は「身体を実感する」と坪井師範はいっている。それは自分の身体との出会いであり、身体に挨拶をするために、まず両手を上げてみる。そこで身体の各部が互いにつながっていることを感じとるのである。

Relaxation（リラックス）、Relation（つながり）、Realization（実感・集中）の三つが気流法の原則であり、いってみればこれだけを毎朝好きなだけ両腕をあげて感じるようにすれば、自分の身体が生きている意識をもつようになるのである。これだけでやがて獣のような大男を子猫のように吹き飛ばすことができるようになる、と私は信じている。ところが、私はもう御岳山には行かず、家でブルドッグを見物人としてひとりでやっていただけだから、全然悟ることはできなかった。

ところで、この日、カルチャーセンターで坪井師範が教えた「薬指の秘密」の効果は驚くべきものがあったが、ここではやはり、秘密にしておこう。

とここで終わっては読者に対して失礼なので、秘密を明かすことにしよう。それは薬指の第二関節の付け根にそっと唇をつけることである。そこは指輪をはめる場所で気流が心臓に通じている。そこに舌先を軽く押しつけ、五つゆっくりと数える。

すると驚くなかれ身体が柔らかくなり、肩と腕の力が抜ける。呼吸が深くできやすくなり、気持ちが落ちつく。ことに緊張しているときなど効果的だ。試してなるほどと思ったら受験生の子供に教えてやることだ。荒んでいた親子関係がスムーズになり、子供に精気が蘇る。日常の武道は案外、そんなところに潜んでいる。

愛犬への鎮魂歌

まず、楽天家失格であることを白状せねばならない。

愛犬のブルドッグ「ブル太郎」が死んだのは、二〇〇七年十二月十六日のことだった。満十一歳の誕生日を迎えたばかりで、少し足腰が弱ってきてはいたが、表面上は元気そうだった。それが肺炎にかかり、心臓が衰弱したこともあって、入院した五日後に死んでしまった。

その日、いったん退院させて、家族と一緒にのどかな一日を過ごさせた。九十六歳の母は、犬が戻ってきたときは、涙を流して喜んでいた。しかし、このまま自宅で一夜を過ごさせることに不安を感じて、夜になって動物病院に愛犬を戻し、それまで通り点滴を打ってもらった。

病態が悪化したのは、わずか一時間後だった。駆けつけたときには、もう心臓が停止していた。処置台に横たわった愛犬の姿を見て、家人は声を上げて泣いた。数年前の冬、胆石に苦しむ犬を見て、何も出来ずにオロオロしていた自分のふがいない姿をそのとき思い出していた。今度も自分の無力さを感じていた。

それから六日間、犬の遺骸をソファに寝かせて、私はずっと酒を呑んでいた。原稿用紙に向かう気力はなく、このまま廃人になってもいいや、と自暴自棄になったりした。

生後二カ月のブルドッグの子犬は、夜遅くの便で遠く釧路から貨物機に乗せられて一匹だけで運ばれてきた。母親から離されて我が家の一員になった子犬は、羽田から八王子まで私の車でさらに運ばれた。私にペットケージから出されて玄関の床に置かれたときは、ぶるぶると震えていた。まるで縫いぐるみのようだった。それもどの犬種とも違う子羊のような、ライオンのような、味のある可愛さをもっていた。

それから半年たつと、縫いぐるみのようだった面影はなくなって、風格のあるブルドッグの様相を呈するまでに成長した。

私がいない夜は暗い廊下を徘徊して、女三人のボディガードに徹していた。その後、家はブル太郎を中心に回転するようになった。その性格は風貌からは想像できないほど、愛情深いものだった。その威風堂々とした存在感は、その姿があるだけで、家人の気持ちをおだやかにし、やさしいものにさせた。

それでいてユニークな性質を併せ持っていた。家人に連れられたブル太郎が散歩の途中で私と会うと、いったんは立ち止まって私を見る様子をするが、こちらに向かって飛び付くような素振りは見せず、再び歩きだすと、私の傍らをスタスタと通り過ぎて家に向かってしまうのである。

家人はクスクスと笑うし、飼い主の面目丸つぶれであったが、しかし、その犬らしからぬマイペースぶりを、私は愛した。人間に媚びを売ることのない毅然とした姿勢が凜々しかった。

そんな思い出に埋没しながら、私は年末を酒を呑んで過ごした。火葬にしたときも、私は缶ビールを離さなかった。遺骨を自宅に持って帰ってからも、深夜、骨壺を横にして、熱燗を口に流し込んでいた。

そんな私の落胆ぶりを知って、一月五日の私の誕生日に、府中の小料理屋で知り合った飲み仲間が集まって、誕生日会を開いてくれた。二十一人が狭い小料理屋にいっぱいになった。彼らの心情がありがたかった。仲間を持つ嬉しさが胸にしみた。

それから一週間後の一月十二日に、高尾霊園で、ペットの合同葬儀式がとりおこなわれた。およそ五十個の骨壺が祭壇に置かれ、百人の飼い主が導師の読経に聞き入っていた。

個別で葬儀をすることもできたが、それではさみしいというので、私たち家族は合同の葬儀に参加したのだ。みなさん焼香するときは目を閉じ、悲しみをこらえ、それを見た他の参列者も目頭を押さえていた。寂しさを共有したことで、私たちも救われる思いがした。

葬儀式の途中で私はひとりだけ、大慈閣の外に出た。小雨が降っていた。ちいさな庵があり、そこに入って缶ビールを呑んだ。そこで私がブル太郎につけた法名を何度となく口にした。家族のだれよりも高貴な法名は「護綱院釈武留大居士」。

ブル太郎が家にきたとき、私は四十九歳になったばかりだった。それからの十一年間を思い返すと、胸に浮かぶ映像は、ブルドッグのおっとりとした顔や、怒ったときの風貌や、不機嫌そうな面構えばかりだった。しかし作家としての気力が衰えたとき、救ってくれたのもこの犬だった。この犬がいたからこそ生きてこられた。ブル太郎、十一年間ありがとう。（還暦の年に）

獣医は愛犬家をあざ笑う

このエッセイには元手がかかっている。三十五年間に及ぶ愛犬との逢瀬から惜別の情が込められていると同時に、獣医に対する疑惑と憤りが渦巻いているからである。我家は新宿を始発とする私鉄沿線にある。元々は両親のために建てた家だったが、家が建つと、両親と家人と生後間もない娘が一緒に暮らすようになった。

私は西新宿のマンションの事務所兼仕事場に寝泊まりすることが多く、そこには「ブル田さん」というパグが一諸に暮らしていた。私たちは夜中よく新宿公園を散歩し、昼間は並んで腹を出して寝ていた。石油ストーブが壊れて煙が居間に充満したときは、ふたりで泡喰ってストーブを抑えたこともある。

一年ほどして、娘も歩けるようになったので、自宅に移った。ブル田さんも一緒についてきた。

だが、私が旅に出ている間に「ブル田」は家の中から外に出されていた。赤ん坊にヘンな病気が移ってはまずいという家族の総意だった。仕方なく私は譲歩したが、内緒でよくブル田さんを二階の寝室まで運んでベッドで一緒に眠った。だが、この犬の鼾はすさまじいもので、たまにびっくりした娘がとび起きて目を丸くしていた。

昭和のその頃、高尾山に近いのどかな駅の周辺には動物病院が三軒あった。三十五年たった今は七軒に増えている。

まず徒歩二分と一番近い動物病院で狂犬病の予防注射を受けた。これは全く無用なものである。最早日本から狂犬病は消滅している。役所はここでも獣医を儲けさせている。

この動物病院ではフィラリアの予防接種を受け、獣医にいわれるまま定期的に飲み薬を投薬した。しかし、ブル田さんはフィラリアにかかり、家では獣医から一本二万円で買わされた酸素ボンベで酸素吸入をさせた。だが、やがて入院することになり六日後に愛犬は私を悲しげに見つめて息を引き取った。

それまでおざなりに心臓マッサージをしていた赤ら顔の獣医は「ハハ、もうだめだ」といって笑った。入院費は点滴代込みで一日一万四千円だった。二日後、診断報告書の提出を求めたがしばらく待ってくれといわれ、その後提出された診断書は薬の種類から入院費用までこちらで残しておいたメモとは随分な隔たりがあった。私は訴訟の準備をしだしたが、またひと月間ほど外国にいく用事ができてそのままになってしまった。

この強欲な獣医は私が外国にいっている間に犬猫墓地を紹介してきて、悲しみにくれていた母がそれに応じた。この墓を建てたあと墓地から私に百二十万円の請求書が送られてきた。墓石に「ブル田ブルーバー」という犬の名前が刻み込まれた。そのとき家族は初めてブル田というのが犬の苗字であったことを知った。

話は少し戻るが、ブル田さんが家にきてから半年ほどして、私は八王子の大丸で売られていた牡のパグ犬を購入した。この犬には「リリィオブザナイル」と名を付けた。少しおバカさんだったが愛らしい犬で、子犬のときはブル田さんの犬小屋を占領してブル田さんを困らせていた。

しかし、数年も経たない内に、リリィもまた、卵巣摘出手術を強要された上、動物実験同様の手口で殺されてしまった。その頃はまだブル田さんを殺した上に墓の仲介で大儲けした強欲な獣医を信用していたのである。

知らせを受けて病院にいったとき、母の散歩のよき相棒で、母の愛情を一心に受けていた小さく小太りの牝犬はすでに内臓をぐちゃぐちゃにかき回された後だった。かわいそうなリリィは最後の別れを母に伝えられないまま、獣医の手によってすでに焼き場に回されていた。

医大に落ち、仕方なく獣医になった不出来なやつには動物に対する愛情などかけらもなく、飼い主の気持ちなど察するすべを持たない。だが私の呪いも届かず、無責任な獣医はしぶとく生き続け、さらに病院を拡大した。

次にブルドッグを飼った。顔はこわいが繊細な犬だった。このブルドッグのブル太郎が尿管結石になったのは二年後のことだった。その頃は別の獣医にみせていたが、病気になって初めてこの獣医の無能力さと人間性そのものの欠如に気付いた。

三十キロの犬を自ら処置台に乗せることもしないこの獣医は、妻が夏の猛暑にまいったブルドッグの診察を頼むとよく分からない注射をうち、喘ぎだした犬をにやにや笑ってみていたという。家人は息も絶え絶えになっているブル太郎に一時間かけてシャワーを浴びせて身体を冷やしたりした。

尿管結石になったのはその半年後のことで、季節は冬になっていた。獣医は尿管結石で苦しむこの犬には手術ではなく石を薬で溶かそうとしたが、犬は何度か血の涙を流して痛みを訴えてきた。正月の二日になると、犬の苦しみは絶頂に達した。必死で診療を頼んだ私に獣医は、ブルドッグの診療は初めてなのでよく分からないと不機嫌にいい放つと乱雑にドアを閉ざした。

次に行った老獣医は「こんなになるまで何故ほっておいたんだ」と飼い主に偉そうに説教を垂れたが、やったことといえば、犬の尿管に麻酔もせずにいきなり針状の細い金具を差し込んだことだった。我慢強いはずのブル太郎だったが、ひどく痛がって九十センチあった処置台から落っこちた。そのあと血尿を出した。この正月の三日間は私達家族もほとんど眠れずに、無力さを感じながらもブル太郎をなぐさめ続けた。

だがブル太郎には最後にいい獣医との出会いがあり、九つあった結石を取る手術をして二日後には元気になって退院してきた。それからはずっと威厳のあるブルドッグ本来の姿を崩さず、家人が留守の間は家を護り続けてくれた。セコムの人がこわがって、警報の鳴った留守宅に入ることができなかったほどである。

この無愛想で飼い主にも不機嫌なブルドッグは、十一歳まで生き続けてくれた。

ブルドッグは癒しの女神

先代のブルドッグ、ブル太郎がまだ元気だった頃のことである。広告代理店に勤めていた友人が、おまえんとこの犬も大変だな、と笑いながらいった。理由を訊くと、おまえ腹を立てて家に帰るたびに犬の首を絞めているんだってなという。大げさに書くのは物書きの習性なのである。だが捏造記事のように陰湿な悪意を持って書くことはない。友人には愛の表現だといっておいたが、無論彼は私が本気でブルドッグの首を絞めたりしないことは知っている。

ブル太郎が十一歳で天寿を全うした丁度同じ日に産まれたのが現在の愛犬氷見子である。華麗なる一族の最も美女だという評判だったので、ブリーダーも女王様として自分のところに置いておくつもりだったそうだが、縁があって我家にくることになった。

気品を備えた牝犬で白と茶色の配合も絶妙で、会う人ごとに寄ってきて「これが本物のブルドッグなの？」と驚きつつ顔を撫でる。ブル太郎は人間に対しても犬に対しても完全に無視するタイプで、家人との散歩の途中で私とすれ違ってもそのまま通りすぎてしまう孤高の犬タイプであったが、氷見子は誰にでも愛想を振りまいた。

さみしがり屋でお茶目な犬だが、ブルドッグ特有の頑固さは受け継いでいた。気分が乗らないとテコでも動かないのである。元婦人警官だった犬の訓練士のところに通わせたのだが、三回目にもう連れてこないでくれと出入りを禁止された。他の犬にちょっかいを出し、自分はちっともしつけを守らないので、はなはだ迷惑なのですと寅さんの叔母のようにエラの張った顔であきれていた。

血統も傑出していて顔立ちがよく、三度目まで帝王切開ができるとあって繁殖犬としてもブリーダーから期待されていたのだが、アトピー性の皮膚病に加え、生まれつき心臓疾患があることが分かり、子を産ませることは断念した。獣医大学病院にいた専門用語ばかり用いて、相手を煙に巻く若い新人の獣医から、実験的に手術をされそうになったからである。

しかも獣医大学ではいつも検査をするだけで一向に病気の原因が判明しない。それでいて毎回五万円の検査費を請求するのである。あきれた家人は大学病院を見限って、あちこち動物病院を訪ね歩いて、なんとか心臓の薬と皮膚病の薬をもらって毎日愛犬の肌を拭いている。尻の中にめり込んだ尾は牛と闘った時代の名残りで、耳も他の犬から噛まれてもたじろがないように短く切られているのだが、氷見子にとっては不服らしく、仕方なくお尻をマッサージするのは私の役目である。

普段はのったりとしているブルドッグだが、本気になったときの力はすごく三十センチくらいは軽くジャンプするし家人などは先代のブル太郎には何度となく引き倒されて傷を負った。氷見子はさすがに女の子なので乱暴はしないが、二十キロの体重を活かして十キロの座卓など歩きながら肩で動かしてしまう。牡も牝も共通しているのは飼い主に対する深い愛情で、深夜二階の仕事場でぐったりしていると、頑張って上がってきた氷見子が前足でそっとドアをノックする。開けると皺だらけの顔の中の黒い瞳がじっとこちらを見つめている。その目に出会うと、この子のためにもう少し……という気になる。

男は、相手が人でも犬でも、女の癒しの心には手もなくやられる。

家族葬と戒名

母が亡くなったのは、母が愛してやまなかったブル太郎が死んだ翌年の秋のことである。葬儀は家族だけでとりおこなった。いわゆる家族葬である。これは以前より予定していたことなので、母が死んでもあわてることはなかった。家族葬をとりおこなってくれる葬儀社については、地元の小さな葬儀社を探し出して随分前から照会していたのである。

戒名についても、息子である自分がつけるのが一番よろしいと考えていて、母のための戒名を十個つくっていた。それを母に見せ、そのうちで一番気に入ったのを生前の母に選んでもらっていた。

こうするのには父の告別式の苦い思い出があったからである。父は平成元年のバブル絶頂期に、昭和天皇のあとを追うようにして逝ったのだが、まず最初のトラブルは、父の遺体を病院から家に運んできた葬儀社と、義兄が頼んだ葬儀社が、我家の庭で葬式の取り合いをするという事態が起きたことだった。いわば、遺体の引っ張り合いをしていたのである。

それがおさまると、今度は葬儀の段取りにうんざりさせられた。とにかく、寺院の予約から、通夜の酒のつまみの種類まで事前に細かくきめなくてはならないので、すっかり疲れ果てた。そして葬式である。

当時は私が現役の作家だったせいもあり（現在も作家ではあるが、不本意ながら連載小説はもっていない）、通夜と告別式には、のべ千六百人の弔問客があり、坊さんも四人が同時に経をよみ、しかも弔問客が線香をあげている途中で引き上げてしまうという無責任さであった。それでいて、戒名（うちは浄土真宗なので、法名という）は、代々伝わる「釈教」ナントカに「文」をつけただけで、百五十万円を払わされた。さらに、その坊さんは鼻声で、お経も聞き取りにくかった。

これには母も悲憤慨嘆して、私のときには、心からあの世に送ってくれる人たちだけで葬儀をしてほしい、といっていたのである。つまり香典もいらないし、香典返しも不必要な人達の意味である。父のときには傘を香典返し品にしたがそれに四百五十万円支払った。

それで一切のしきたりやくだらない無駄を省こうと意見がまとまり、何年も前から葬儀社の手配もし、葬儀場も決め、坊主無用の葬式をするため母の戒名もつけて、万事万端心得て母が天国に召される日を待っていたのである。

そんなある日、近所の寿司屋で、「母のお亡くなり待ちなんだ」、てなことを知人と話していると、突然うしろの障子が開き、母が友人数名と出てきたことがあった。あら、三千綱きていたの、と母は上機嫌であったが、さすがの罰当たり息子も驚き、知人は椅子から転げ落ちそうになった。

ここで少しは親孝行だった自慢をしてもいいと思うので、罪深い人々にひとこと伝えておきたいことがある。

「子供は親孝行をするために生まれてきた」ということである。

私は随分母親をハラハラさせてきたが、母の晩年には親孝行を心掛け、その内のひとつが生前にお別れ会を母のために開いたことである。母は八十五歳まで生命保険の外務員として働いていたので、お客さんや会社の同僚、友人知人が多くいた。引退から一年経った頃、母が、生きている内にもう一度ちゃんと友人たちに挨拶とお礼を伝えておきたい、というので、私はまかせなさいと胸を張った。

そこで銀座七丁目で和食料理の店「萬久満」をやっていた友人に頼んで、土曜日の午後、店を臨時に開けてもらい、寿司屋、フレンチ、イタリアン、蕎麦屋などの屋台を入れて、グランドピアノのある五十坪の広間で「お別れ会」をやった。母の友人であるからみなそれ相応のお年を召している。みなさん銀座の一流料理屋で食事ができるとあって整理箪笥をひっくり返して留め袖を探し出し、このときとばかり華やかに化粧して来場した。百人くらい集まり、各人から会費は二千円だけ頂いた。みなさん、大喜びで帰り、母は、好い息子を持ったとほくほく顔だった(と思う)。

それから四年経って母は九十歳になったが、まだ元気で昔の仲間とフランス旅行などにも行っていた。そこで友人たちの間で、「アノ」お別れ会が懐かしい、千代さんが元気なうちにもう一度と声があがり、そのリクエストが私の耳にも届いてきた。

図々しい婆ァ達だな、と思いながらも、親孝行という言葉が頭の中で大反響を起こして、私はW大経済学部卒のくだんの友人をクラブに連れ出しておごり、再び料理屋を借り切って、「千代さん歓談会」を開いた。顔ぶれは少し変わったが、このときもみなさんめったにできない正装で現れ、大声で笑い、くっちゃべって帰っていかれた。それから三年後に、どうだ、もう一度やるか、と母に聞くと、もう充分と答えた。それでも母の元へは訪ねてくる人が絶えなかった。

ともあれ、父の死から二十年たって、母は九十六歳と八カ月で旅立っていった。心臓が弱っていたが母の希望で入院はせず、私たちの家で余生を送っていたのだが、最後は眠るように死んでいった。亡くなる三日前から意識が混濁しだしたのだが、それは死への恐怖心を削ごうとする神様のやさしさであろうと思う。

葬儀は親族、十五人だけで執り行った。母の眠るお棺の周囲をみんなで囲んで、それぞれ胸の内にあった思い出を母に語った。そんな私達を、会館のスクリーンに映し出された母が、唄いながらみつめていた。実は、この日のために、私は母の八十一歳の誕生日から五年間、カラオケで唄う母の姿をビデオで撮っていたのである。僧侶は呼ばなかったので、余計な説教もなく、葬儀は終始なごやかだった。

焼き場から、お骨になった母を抱いて戻ってから、みんなで再び、母の思い出を語り合った。最後に私が母に「ありがとう」というと、ビデオを撮っていた甥が「ワッ」と叫んだ。その瞬間、白光が空中を走ったというのである。

この葬儀は、最初は三十万円ということだったが、食事やその他で六十万円になった。廉価なのに葬儀社の人たちはよくやってくれたと思う。葬儀のあと、自宅に最初に弔問に駆けつけてくれたのはテーミス社の伊藤壽男氏であった。次に若い頃からの友人である幻冬舎の社長の見城徹氏が来てくれた。それから二十六歳のときに創成した草野球チームの者たち六名が来てくれた。久しぶりの邂逅に「お母さんが呼んでくれたのよ」と家人が珍しくしおらしいことをいった。

母は奈良県桜井市の市議会議長の長女として生まれた。その母にちなんで、法名は「桜倉院釈尼千代賛大姉」とつけた。ちなみに私の法名は「釈遊天居士」、空に遊ぶ、の意味である。欲深の坊さんにはつけられない法名だと自負している。

通夜がすみ、全ての弔問客が帰ったあと、私は岐阜の銘酒「三千盛」をひとりで呑んだ。私の手元には母が書き残してくれた原稿用紙二枚半の私が知らなかったブル太郎に関するメモ書きがあった。内容からブル太郎が八歳のときのもので、その年母は九十三歳だった。

その最後の行にはこう書かれている。

「私が出掛ける仕度をしているとソワソワして落ちつきがない。『お医者さんにいってくるね』と言うとおとなしく自分の寝床に行く。人の心がわかる犬である」

「母逝きて　手書きの伝言　秋の風」

競馬の極意

競馬シーズンの到来である。こういうことに全く関心のない人には、だからどうなのだ、ということになるが、それでは人生は味気ない。私個人としては、競馬だけでなく、ギャンブルは生きていく上での隠し味だと思っている。空が晴れている日など、朝飯を食べながら、ふと、今日は気分転換に競艇にでもいってみようか、と思って出掛けることもある。もっとも、これは私のような素浪人だからできることである。

さて、そのギャンブル資金だが、私は収入の五％を使うことに決めている。現在の私の年収は極めて心細いことになっているので、ギャンブル資金も必然的に悲しいものになっているが、かつては年に四百万円ほどをギャンブル資金にあてていた時代もある（それだけ多額の税金を徴収された）。

だからといって、ギャンブルに溺れることはなかった。先程も書いたようにこれは、人生の隠し味だからである。もっとも競輪、競艇にはセミプロが結構いる。十年くらい前のことだが、平和島競艇場の便所で、タレントの坂上忍が間の抜けた顔で私の隣で小便をしていたことがあった。テレビから干されている時代で、こうなってはおシマイだな、と思っていた。あとになって、その年、坂上君は競艇で八千万円も儲けたと知って、弟子入りしようかと思った程である。

便所にいけば面白い人間模様が展開している。競馬場の入り口付近には、怪しげな予想屋がいて、地方競馬だったらなおさらおかしな奴が寄ってくる。便所で小便をしていると、傍らに佇んだ男が、次は2－6だよ、2－6だよ、と囁いてくる。知らん顔していても、その呟きはやはり気になる。それで、いつの間にか、2−6を買っている。それが入ったりすると、私はバカなので、おー、やった、などと大声で叫んだりするものだから、支払い窓口に並んでいると、いつのまにか、便所にいた男が背後に潜んでいて、「おめでとうございます。では、二割ほどいただきましょうか」などど、脅迫されたりしてしまう。

その男が次のレースの前に再び囁いてきて、その予想らしき馬券をまた買ってしまい、それがはずれたとき、私は男を捜し出して、「はずれたぞ、金を返せ」、と今度はこっちがこわもて顔になったことがある。そのとき、その男は、まったく普通の表情で「そういうこともあるよ」といって人混みに紛れていった。あきれながら、若かった私は、もう二度と、ああいうコーチ屋のいうことは聞くまいと誓ったものだった。

では、私なりの競馬術を披露しよう。もうかれこれ四十年以上競馬をやっていて、破産をすることもなく生きているのだから、信用してもらっていい。その極意とは、「勝った時点で、競馬場を後にする」というものである。

当たり前のようだが、これをできる人はほとんどいない。私が東京・府中に仕事場を構えているのも、競馬場や競艇場が近いからだが、それでも生存していられるのは、勝った時点で帰る、というギャンブル哲学を実践しているからである。

土曜日の午前中の競馬はまことにのどかで、出走してくる馬も、競走馬というより、馬車馬向きなのでないか、と思われる馬もいるのだが、そんな馬が馬連にからんだりすると、思いがけない高配当が出る。それがたとえ1レース目であろうと、私は勝った時点で帰ってきてしまう。帰らないまでも、そのあとはそば屋に入って、酒を呑みながら、テレビで観戦している。もしかしたら、また当たるかもしれない、とスケベ根性を起こして買うこともママあるが、それもひとレース五百円しか買わない。中央競馬会の農林水産省天下り理事の給料をこれ以上増やすことはない、と自制するからである。彼らは年間一人五百万円のハイヤー代を経費で落としている。

そんな私の極意を、かつて「馬読みギャンブラー」と呼ばれた伝説の予想屋の、「ケンジロー」という人が同じようにいっていると、ある編集者から聞いたことがある。この人は、ホームレス・ギャンブラーとして現在も浅草をネジロにして徘徊しているらしいが、私は会ったことはない。この人は自分では馬券は買わず、予想することで報酬を受けているというが、その基本戦略は「競馬はパドック」であるという。

つまり、予想紙などは見ず、パドックで馬を見て、勝負馬券を決めるという。1着にくる馬は威風堂々、2着馬は、リズミカルに歩くというのが見立てであるという。

神のご託宣のように神々しく思える人はその予想に従えばよろしい。だがパドックを周回する馬を見ているだけで走るかどうか分かるというは眉唾である。ならばパドック解説者はみな御殿を建てていることになる。私の知る限り彼らはおしなべて貧乏である。「ケンジロー」の予想は出鱈目だといっているのではない。

競馬を単にギャンブルとしてみれば他人の予想にすがりたくなり、それでは自分の人生そのものを貧相にしていることになるといいたいのである。競馬は自分の好きなようにやってこそ味が出る。たった五％の楽しみではないか。好きこそものの上手なれ、とここでも使ってみようではないか、ご同輩。

誰に読んでほしくて書くのか

長塚節《たかし》文学賞というのが長塚節の生まれ故郷の茨城県常総市で毎年一回行われていて、今年は十四回目だった。長塚節の作品らしく地味な賞で一般にはあまり知られてはいないし、受賞したからといって文壇にデビューできるわけではない。それでも市では頑張って短編小説の他に短歌と俳句の賞をもうけている。今年は短編小説部門で一五五編の応募があり、そのうち中高生の作品が八編あったという。短歌部門では六四六七首、俳句は九七三七句の応募が寄せられたというからこの分野の裾野は広い。

長塚節は正岡子規にその才能を愛された男である。彼の代表作で農民小説の草分けともいえる「土」は夏目漱石の推挙で朝日新聞で連載されることになった。読むのにつらい小説で、高校生だった私は四苦八苦した覚えがある。冒頭から、烈しい西風が痩せこけた落葉の林を一日中打ちつけて苛め「木の枝はときどきひうひうと悲痛の響を立てて泣いた」と冷徹な目で表現される作品である。ただし彼の実家は豪農であったらしい。三十五歳で亡くなったが彼は常総市の誇りである。藤沢周平氏が彼をモデルに書いた「白き瓶」で改めて長塚節という名前が世間に知られるようになった。文学賞が創設されたのは藤沢氏の小説が発表された以降である。作家の名前を冠にした賞は芥川、直木賞を始めとして数々あるが、たとえ市長にどういう思惑があるにしろ地方で独自の賞を創設するのはいいことだと思う。

ともあれ六月のある日私は初めての選考会に出席するため成田エクスプレスに乗って守谷までいき、そこから事務局の人の車で会館までいった。短編小説部門の選考委員は私の他に、堀江信男、茨城キリスト教大学名誉教授と、成井惠子、元茨城女子短期大学准教授の二人である。選考して分かったことだが、このお二人の論戦が卓越していた。他に同席したのは事務局の人が二人と予選を選考した人がひとりだけだった。選考会場は事務室のとなりの狭い会議室で、始まる前に粗末な弁当が出された。こういうところも長塚節文学賞らしく素朴でよかった。私はいくつかの賞の選考委員を担当しているが大抵はホテルの一室で開かれる。

作品を選考する場合、私は「この作者は誰に向かってこの作品を書いたのだろう」、別言すれば「誰に読んでほしくてこの作品を書いたのだろう」と考える。

書き手にそういう質問をすると、大抵の人は戸惑い、ただ書きたくて書いただけだ、と居直ったようにいうだろうが、突き詰めて思い返せば、そういえばあの人のために書こうと思ったのかもしれない、と思い当たるはずである。そういう作品はいいものに仕上がる。

芝居の演出をしているときにも役者に同じことをいったことがある。三百人の観客全員を感動させようとしても目が宙をさまようだけだ、ひとりの観客に向かって芝居をしろ、と。そのひとりへの訴えが、ほかの観客の心をも動かすことがあるのである。

石川県の美川町(合併して白山市)では恋愛小説に限定して地元出身の作家、島田清治郎の名を冠にした賞を設けている。こういう地方の文学への取り組みは、それまで物語に全く興味をもたなかった人へ新しい世界をもたらすきっかけになる。今回の長塚節受賞作品はホッとさせるいい話だった。作品は九月に公表することになっている。

追記。二〇一五年は悪天候のため鬼怒川が氾濫した。農作物は甚大な被害を受けた。そのためその年は例年春に開催される選考会が秋にずれ込んだ。私が出向いたときはすでに水は引いて水田には稲穂が実っていたが、それは見映えこそよかったが、中はカラだった。そういうことを知った全国各地の人々から「ふるさと納税」が市に送られてきた。常総市が返礼の品を出せないのを承知の上でのことである。それは四千万円を越えた。

こういう追記を誰に読んで欲しくて書いたのか、私はいまだ思考中であることを告白しておきたい。

医師は煙草屋のおばちゃんか

数年間通っていた医院の紹介で、肝臓にかけては日本で有数の名医であるというI先生の診察を受けることになったのは、医院での血液検査の結果がよろしくなかったからである。

GOTが正常値の四倍あり、数カ月のうちに血小板数が半分に落ちていた。検査報告書を前にしたゴルフ仲間でもあるM先生は、これは肝硬変になっているかもしれないと呟き、すぐに入院施設のある大病院で検査を受けるように勧めたのである。

私は何度もM先生から酒をやめるようにいわれていたが、甘美なアルコールの世界に避難することに酔いしれていた私は、その忠告をずっと聞き流していたのだった。最早これまでと悟ったM先生は、私に正しい患者道を歩ませるべく、高名なI先生の元に送り込んだのである。

一回目の診察のとき、M医院から送られた測定値を見ながら、酒の飲み過ぎです、とI先生はいった。それから血圧を測り、腹をさすった。血圧はいいな、といったがそのあとは何もいわなかった。ただ、このあと採血をするから、といっただけだ。I先生は終始不機嫌そうにしていたので、私は何も質問することができなかった。一時間半待って診療時間は二分足らずだった。

そして三週間後の二月初旬に二度目の診察を受けた。一時間半待たされてようやく診察室に入ると、いきなりI先生がこちらを睨んできた。なんとなく引けた感じで椅子に腰掛けると、「もう肝硬変になっている。禁酒しなさい」といいながら説明用紙に走り書きしたものを私につきだした。それには「血小板が少なく、腹水がたまっており肝硬変になっている。このまま進行すると黄疸が強くなり腹水がもっとたまる。肝癌のリスクも高い。至急禁酒が必要」と書かれてあった。

肝硬変になった肝臓は脂肪に覆われ灰色で、脂肪肝の細胞が破壊されたところは線維化して岩のようにゴツゴツして固くなっている。私はそんな自分の肝臓を想像して汗をかいた。とうとう来るところまできてしまったと思った。

「このままなら命にかかわる。ほっておくと四カ月しか生きられない。一カ月で死ぬ人もいる。禁酒するしかない」そういってI先生は血圧を測り、私の腹をさすった。それから次は胃カメラで検査するから、といった。何か質問できる状況ではなく、これからの方針も聞かせてもらえなかった。今回も二分足らずの診察だった。「余命四カ月」をつきつけられた私はかなり落ち込んでバスにも乗らず、西国分寺駅まで二十分ほどかけて歩いた。

帰る道すがら、I先生が不機嫌なのは小泉改革で医療費が削られ、診療費減額、その上医師不足になったからだろうかと本気で考えた。それから、中島らも氏の小説の中にあった医師の言葉、

「医者なんてのは駅までの道順を教える煙草屋のおばさんみたいなもんなんだ。歩いて駅にいくのはその人だ」というセリフを思い浮かべた。

でも、諏訪中央病院に末期癌で入院した女性が奇跡的に癌も消え、六年たった今も元気でいるのは「助けられなくても、もうやることはないと思わずに、支えることはできると思ってほしい。患者は救われます」と医者に願いをかけた結果でもあるのだ。患者が医師を目覚めさせた好例でもあると思う。

もうI先生の診察を受けることはないだろう。従って胃カメラもやらない。そう思うととても解放された気分になった。「煙草屋のおばちゃん」どころか、医者によっては、閻魔大王のアシスタントを兼ねている人もいるのである。お付き合いはもうごめんだ。

高尾山は中高年の出会いの場

三十年前から月に一、二度、高尾山に登るようになった。それも事前に日にちを決めていくのではなく、朝起きて空がきれいだからいってみるかとか、昼過ぎ、駅前の蕎麦屋で燗酒を呑んだあと、ふらふらと歩いているうちにいってみようと思い立って電車に乗ってしまったりするのである。

なにせ、私の家のある駅からふたつ目が高尾山口駅なのである。ケーブルカーを使うことはあまりなく大抵は歩いて山頂までいく。ルートは1号から6号まであるが、私は麓から崖すれすれの稲荷山という結構きついコースを登ることが多い。三キロほどのコースを一時間半ほどかけて周囲の山並を眺めながら歩く。春はスミレと桜、秋は紅葉、空気がうまく歩くうちに頭がよくなった気がするほどである。勿論、気のせいであることは現状の仕事ぶりが証明している。

山頂にいって富士山と向かい合って眺望を楽しみながら、持参した一合酒を呑む。腰に下げた私の荷物は大抵それだけである。ここのトイレには備え付けのトイレットペーパーもあるので下痢気味でも安心なのである。帰りに薬王院に参拝して、蕎麦屋が開いていればとろろ蕎麦などをしゃくる。夏ならビヤマウントでビールを呑みながら夜景を楽しむ。

つまり高尾山は私の山、私の憩いの場であったのである。ところが、ここ数年の高尾山ブームで静かであった山道をリックサックを背負った中高年がぞろぞろと歩くようになった。平日でもナニナニ町会とかの団体が押し寄せてくる。

制作費が格安ですむテレビの旅番組が押し寄せる前は、おみやげ屋は閑古鳥がなき、経営権を買ってくれないか、と細々と雑貨屋を営んでいた家人のところにも相談があったくらいなのである。

それが悲しむべきことに、私だけの秘密のルートであった稲荷山コースにも、鳥のさえずりの代わりにガチョウの鳴き声のようなおばさま族の喋り声が響き、しかも横に広がって平然と下ってくるものだから、道幅が二メートルたらずの山道などではすれ違いざま突き落とされそうになったりもする。

定年退職者の間ではトレッキングがブームであるが、それはちょっときついという人には高尾山は近くて安上がりで健康にもいいいし、山岳信仰にも触れられるとあって、大変便利な山なのである。その混雑振りはナンパでもできそうな具合である。

事実、一緒の団体であるのに初対面らしい七十二歳と六十九歳の高年の男女が互いに挨拶をかわしつつ、住んでいる所や、家族のことなどを楽しそうに話している微笑ましいシーンに出会うこともある。女性が未亡人だと知ってギョロリと目を剝いた老人とまともに視線を交わしてしまったこともある。

そんな俗世界とは乖離して、この山では今でも真冬を除いて修験者たちが人知れず滝行をしている。その人間模様の落差を目の当たりにすると人生の奥深さすら感じるのである。

それでこの頃では私も麓の蕎麦屋で相席になった女性と会話をするようにしている。四十代の女性だったらさり気なく酒をすすめる。その人が国立大学でイギリス人の数学教授の助手を務めていると知るとメールアドレスなどを聞きだして、またここで会いましょなどと調子のいいことをいっている。

そこに温泉まで掘ったものだから高尾山はますます人気になった。テレビの旅番組では若い女優が来て温泉に入って「ああ気持ちいい」なんて感嘆するものだから普段は堅物の学者でもそわそわするものらしい。

「案外知られていないが高尾山にある温泉は混浴なんだ」と私が友人たちに吹聴するのをそっと聞いていた一橋大学の経済学の先生がいて、ある日、女性が集まりそうな日を選んで講義の合間に高尾山の温泉につかりにいったらしい。後日、彼は私に「あんたはひどい嘘つきだ」と目玉を三角にして憤慨しだした。

その場にいた知人たちは何のことだか分からないから、当然「巨匠」と呼ばれている私を嘘つき呼ばわりした理由を聞いた。するとくだんの先生は、ややむくみの目立った頬を震わせ、眼鏡の奥から私を睨みつけると「こ、この人は、この人は、高尾山の温泉が、温泉が、こ、こ……」といったまま絶句してしまったのである。しかし、私には係わりのないことなので素知らぬ顔を決め込んでいた。

そんなことより、注意すべきは山頂から相模湖に出るつもりで歩くうちに迷子になり、陣馬山までいってしまうことである。途中猿の団体に出くわし、追い剝ぎまがいの威嚇を受けたり、薄暗くなると、すぐ近くを灰色の円盤のようなむささびが滑降し、さらに暗くなった山道は葉音さえ幽霊のすすり泣きを聞くようで、とても不気味なのであった。

そういうとき、この狭隘なそま道は、江戸時代は甲州街道の裏街道としてわけありの旅人が通った山道であり、とりわけ若い男女が手に手を取りながら駆け落ちした所となれば、山賊にとっては恰好の稼ぎ場であったのであろうなと想像して、ふと梢の間から垣間見える夜空の星を見つめて嗚咽したりするのであった。

隠れ家の効用

先頃、友人が満六十歳を迎えてめでたく定年退職となり、「楽天家」の仲間入りをした。彼は私を真似て、昼から焼き味噌を肴に蕎麦焼酎を呑んだり、ラーメン屋で餃子をつまみにビールを呑む生活を送り出した。彼はその気楽なライフスタイルを満喫しつつ、作家とはかくも気楽に生きてきたのか、と慨嘆し、それまでの自分の窮屈なサラリーマン人生を振り返って嘆いたりしている。とにかく、毎朝背広を着て出かけなくていいのだから、幸せには違いない。

その彼が、先日、私の「隠れ家」に酒を下げてやってきた。そして、あたりを散策したあと、ここにいると心があらわれるようだ、こんな贅沢な過ごし方があったのか、と再び感激していた。

そこは六月から私が借りている一軒家で、場所は八王子の山奥、通称「夕焼け小焼けの里」にある。陣馬街道をずっといった奥なので、随分遠くにあるようだが、実は八王子の自宅から十キロ足らず、車だと二十分しかかからない。借家のすぐそばを北浅川が流れ、かわせみが川に立った棒にとまり、ハヤが背鰭を翻すというのどかな光景がある。さらに奥に登っていくと鮎の銀色の鱗が閃き、イワナが岩の陰で息を潜ませている。

部屋の窓を開けると畑の向こうに山並みがつづき、夕焼けが空を赤く染める。月があがるとさらに風情が増す。まさに中村雨紅が「夕焼け小焼け」の詞を書いたそのままの光景が広がっているのである。

この借家で私は時代小説を書くための資料にあたり、ときには鱒釣り場で釣り糸を垂れるのである。少し前から時代小説だけを書くための部屋を持つ必要を感じていて、この近くに工房を持っている家具職人に、適当な貸し家があったら教えてほしいと頼んでいたのである。

捜してくれたのは、この村の駐在所に二十二年間つとめている駐在さんである。彼もときどき焼酎を呑みに、奥さんが作ってくれた肴を手にして私の借家にやってくる。そして以前、薬師堂に置かれていた仏像が盗まれ、それが滋賀県で発見された、なんぞという話を楽しそうにするのである。ここでは百数十年間も時間が停止している。元の薬師堂は鎌倉時代に置かれたという。トンビも飛べば、オオタカも高い空を舞っている。農家で飼われている犬まで江戸時代の面構えをしている。そういうことでここには電話も引かれていない。

このあたりはいい土がでるようで、陶芸家も数名住んでいる。その内のひとつ、伊賀焼きの窯に名前をつけてくれと頼まれて、私は「北斗窯」と命名した。その一回目の窯が先頃開かれ、私は命名者としてぐい呑みをひとつもらった。二度目の窯は半年後に開かれる。そういう話をきくと、なおさらゆったりした時の流れを感じるのである。

退職した友人と一晩飲み明かした翌日、編集者がふたりの女性を伴ってやってきた。あまり頻繁に訪問者がくると、隠れ家としての機能が果たせなくなってしまうのだが、そのときは女性が若く美しくもあったので、「楽天家」作家は、相好をくずしっぱなしであった。ここには名利とよぶにふさわしい寺、たとえば宝生寺などもあるのだが、寺にはいかず、昼間からずっと酒盛りをしていた。

夜は大家さんが整地した山の中腹で、編集者が浅草橋で買ってきた花火をあげた。中国製の花火も混じっていたが、こいつは全然だめで、やはり花火は日本製に限るとみなで言い合いながら、日本の夏を満喫した。

彼女らは野生の蛍を見るのが初めてのことで、真っ暗闇の中にポツンと小さな明かりが灯り、それが藪と灌木に挟まれた小川の上をふらふらと飛ぶ様子に歓声を上げた。

缶ビールを手に小橋に佇んだ私が、静かに、というと彼女らは怯えたように黙りこくり、小さな蛍の灯りがどこからともなく次から次へと現れて、小橋をくぐり、そして再び闇の中に溶け込んでいく様をみて、ゆるやかな溜息をついた。それはなかなか色っぽい吐息だった。

そのあと借家の裏手の小道から「夕焼け小焼けの里」まで懐中電灯を下げて探検に出たのだが、

鼻先を舐められても分からないほどの深い闇で、懐中電灯もまったく役にたたず、しまいに妙な鳴き声も聞こえてきて、女性二人は、あ、何かいる、と震える声で囁いた。

「なめくじが鳴いているんだ」と私はいい加減なことをいって、実はほうほうの体で逃げ帰ってきた。

翌朝になって村人に聞くと、それは猪の鳴き声だろうという。そこら中に出現して畑を荒らすので困っているという。さらにひどいのは野生の猿で、集団でやってきて好き放題に暴れて山に帰っていくのだという。

その話を聞いてから十日ほど経った頃、私は農道を歩いている途中で十数匹の猿の軍団と出会った。最初、連中は農道から山に入った林の中にいたが、やがてこちらに移動してきて、いつのまにか農具小屋の屋根にいた。その内の体の大きなやつがキーキーと威嚇すると私に向かって何かを投げつけてきた。私は憮然としながら、こういうのを多勢に無勢というのだな、とひとりごちていた。

猿の軍団はひょいひょいと飛ぶように森の中に入って行ってしまったが、私はやつが投げつけたものが気になってあたりを探した。見つけたのが何かの鉱石のような硬い破片で、いったい奴はこんなものを握りしめてどうするつもりだったのか、といぶかしんだ。同時にもし価値ある原石のかけらだったら売り飛ばそうとさもしいことも頭に浮かんだ。んなわけあるわけネーだろうに。

川の朝靄の美しさと井戸水のおいしさに堪能した客人は、ブルーベリーを摘みながら、こんなところに月に一度でいいからきてみたい、と嘆息していた。

一度といわず二度おいで、とくに「隠れ家」の主は美人が好みなのだから、と思ったものの、秋が深まると八王子の観光地「夕焼け小焼けの里」にすら訪れる観光客は少なくなり、週末に来る家族も荒れ放題の里の様子に失望して、二度と来なくなった。温泉があるというのが「売り」だったが客がこないので手入れもあまりされていないようだ。一頭だけいる馬も年老いていつも疲れた様子で頭を下げている。見ているだけで哀れを催すのである。

ここは冬が早い。十一月になると木々は葉を落とした。当時私はここで「お江戸の姫君」を拐かす若様を主人公にした無頼時代小説を書いていたが、美人といえる人は駐在所の奥さんくらいで、私がいくら図々しくても毎晩ご尊顔拝見というわけにはいかない。日が経つにつれて姫君のイメージが薄れ、猪のような顔が脳裏に現れるようになった。ダメージである。

それで年内に小説は完成せず、まるで二回表に六点を奪われてベンチに下げられた投手のような心境で自宅に戻った。隠れ家と違って、正月の我が家は華やかで若い娘が次から次へと登場してきた。ほとんどは娘の友人だが、みな明るくよく酒を呑んで笑うので一緒にいて楽しい。百人一首では盛り上がりに欠けたが、花札を教えるとみな必死になった。お年玉をもらいにやってきた甥の子供たちは片隅に置かれてションボリしていた。

私はこう見えても相当貧乏なので、その甥の子供たちがよそでもらってきた年玉を奪い取って賭け金にしようとしていたくらいであった。その企みは家人に「アハハ」と一笑にふされてしまったためあきらめたが、ついでに隠棲小屋のような仕事場を放棄しようかと考えていた。夜の山道は暗く、路面も凍りついて運転することが困難になってきていたのである。

それからさらに三カ月経って私は大家に借家を出ることを伝えた。大家さん夫婦はがっかりしたが、すでに次に入居する人が待っていると私に報告したときはその皺顔に笑みが浮いていた。奥さんが奥の部屋にいくと、八十歳になる元市役所の職員であった大家は、今度入る方はピアニストの若い女性なんですよ、と口許に涎を浮かべて小声でいった。

なるほど、山奥の隠れ家にもドラマが潜んでいるのだなと私は神妙な気分になった。私の「姫君」が島田の髪にこうがいを差し、あでやかな着物姿を江戸に現したのは、さらにそれから三カ月が過ぎた六月末のことであった。

南極海での怪談ばなし

不況などどこふく風、しこたま退職金をもらい、年金生活で優雅に暮らす一流企業の定年退職者はお好きなように旅をしているようで、まずはご同慶の至りである。中には豪華客船でのクルーズも計画している人もいるようだが、今回は若き日の私が体験した、南極クルーズの思い出話をしてさしあげましょう。

それは三十五年前のことであるが、まずその前年にロス・アンジェルスの観光会社が、ワールドディスカバリー号での南極クルーズに参加する人を募集していたので早速私は申し込んだ。二百五十万円くらいであったが(カネがあったんだなア)、結局定員に満たないということで中止になった。翌年、面白い話が舞い込んできた。角川映画が南極で映画を撮ることになったのだが、宣伝用の記事を書いてくれるのなら招待するというのである。二つ返事でOKした。私は寒い土地が好きなのである。

リンドブラッド・エクスプローラー号は二五〇〇トンの観光船だった。チリのプンタアレナスを十二月初旬に出航し、二日後にはドレーク海峡にさしかかった。撮影スタッフの他に四十人ほどの日本人観光客も乗っていたが、ほとんどの人が天国以外、地球上の全ての秘境を旅したという強者で、それも未亡人の老婦人が七割を占めていた。その人たちも海峡の荒海にはさすがにまいったようで、食事ごとに食堂に集まる人の数は減り、最後には私とスエーデンの医師のふたりになった。

私はほとんどのときをラウンジでウィスキーを飲みながら過ごしていた。客は大抵私ひとりだったので、アルゼンチン人のホステスを独り占めした形になった。

ときおり寒風吹きすさぶ甲板に出て海を眺めた。空中には盗賊カモメが飛んでいた。ノンキに飛翔しているようだが、双眼鏡でアップにすると、かなり歯を食いしばっているのがわかった。

私の部屋の前は女優のオリビア・ハッセーの部屋になっていて、彼女はウィスキーばかり呑んでいる私の胃を気遣って、何度か部屋に呼んでインドの茶をたててくれた。アルゼンチン出身のオリビアはとても気持ちの細やかな優しい女性で、精神的には怪獣のようにタフな女がひしめくハリウッドの中で、果たして生き抜くことができるのだろうかと私は心配になった。

二年後、ロスのメルローズプレイス一丁目にあるレストランで偶然会って、席に案内される間一緒にカクテルを飲んだことがあったが、そのときは日本の歌手の布施明との再婚が話題になっていて、彼とは同じ歳で同じ町で育ち、彼の中学時代を知っているというと、ずっと布施のことを質問してきていやになった。

それから十五年ほどたってオーストラリアのゴールドコーストの飲み屋でたまたま布施に会い、ロスでオリビアから君のことばかり聞かれたぞ、というといやあと照れ笑いをしていたが顔色は青かった。彼女との結婚生活は短かったようである。

南極海で事故が起きたのはオリビアがヘリコプターでチリに戻った翌日の、出航から九日目のことだった。昼頃シャワーを浴びていると、下からズンと響く揺れがあった。数秒後にさらに大きな大きな衝撃があり、私は床にへばりついた。しかし、すぐに立ち上がり、シャワーをとめ、服をきてラウンジに向かった。廊下が斜めになっていて歩くのに難儀した。これは尋常ではないなとすぐに思った。

ラウンジにいくと関西の裕福なおばん連中が斜めになった床の上でマージャンをやっており、「なんだか錨がおっこったようやよ」と平然とマージャンを続けていた。

しばらくして、乗客全員がラウンジに集められた。船長が沈痛な面もちで船が座礁し、船底にふたつの穴が開き、すでに海水が浸水してきているといった。

さすがにみんなは声もでない。ただ、タイタニックと違い、船は平らな氷の上に乗っているのですぐには沈まないと説明を受けたが、そうしている間にも船の傾斜はだんだん大きくなっていった。全世界にSOSを発信したというが、救助船がいつどこから到着するのかはっきりせず、その間、客は救命ボートに分乗して海に漂い、ただ待っているほかないと知って、ボートから落ちたらどないしょう、と関西夫人連はさすがに泣きをいれた。

すぐに映画スタッフと四十人の観光客はライフジャケットを着て、露天デッキに置かれた救命ボートに七、八人ずつが分乗して、波浪高い南極海に降ろされた。風雪の中で、流氷の浮く海を漂った。落ちたら五分で死ぬなと思っていた。さすがに誰も声を出さない。

私がバーからかっぱらってきたウィスキーを取りだして呑んでいると、映画監督の深作欣二氏が艫の方から、わしにも呑ませてくれと叫んだ。それからひとつのボートピープルの間で静かに宴会が催された。雪が斜めに降る向こうには船尾が沈んでいく客船が映画の一シーンのように我々の目に映っていた。零下五度の凍りついた寒気の元で呑むウィスキーは格別な味がした。

チリの軍艦が三時間ほどしてから救助にきてくれた。チリの海軍兵士は私たちの救命ボート・グループだけがごきげんになっているのが不思議そうだった。救助された私たちは、難民のような避難民のような立場であったから本来は船底でひっそりとしていなくてはならないのだろうが、東映の映画スタッフにはギャンブル好きがそろっていて、毎晩狭い部屋に分厚い毛布を敷いてポーカーをやっていた。

私は客分の気分で居たから、チリのヘリコプターの操縦士に頼んでヘリを飛ばしてもらい、空から南極海に浮かぶ島や流氷を眺め下ろした。畳二十枚ほどの平たい流氷の上に舞い降りたパイロットは、どうだ降りてみるか、といってくれたが、おいてきぼりにされそうな危険を感じて丁重に断ったものだった。彼は航海に出ている期間はゲイになり、陸に戻れば女性好きになるという、性的リバーシブルのような便利な男であった。ともあれ船は南極海に沈没してしまったが、なんとか元をとりかえさなくては、と私は歯ぎしりをして、『猫はときどき旅に出る』（集英社）という長編小説を紆余曲折の末書き残した。

十年後、私はまたしても南極に行き、小型飛行機で大陸横断をしたのは習性というものだろう。ただし、この時の旅を題材にした小説『さすらいの皇帝ペンギン』（集英社）を刊行したのはそれから二十九年経った六十九歳のときである。人生は面白い。しぶとさがさらに面白くする。その人生を支えてくれたのは家人であるとここでは言っておくべきであろう。

船もろとも海の藻くずになっていたかもしれないし、小型飛行機が離陸できずに氷山に衝突する危険は二度あったことも事実なのである。それもこれも命あったからこそ、気楽にほざいていられるのである。家人と神様に感謝である。うーん、なんか心がこもっていないなァ、と人は思うかもしれない。

しかし、南極で怪談話の主人公になっていたかもしれないささやかな冒険を思い出しながら、私は家で朝飯を食っている。うまいなあと思うし、これは自分にとって最後の晩餐だという感慨を持つ。この他人から見れば突拍子もない思いは、ある年齢に達してから余計に感じるようになってきた。

——人生は短い。しかし、ひとりで生きるには永すぎる。

ある感慨、である。

働く妻女の心の内

独身男女に出会いの場を提供するサイトで、近頃私は年甲斐もなく、「恋愛書簡」と題するコーナーを受け持つことになった。四十二歳の人妻と与えられたテーマに則してメールを交換するのである。その中でいつも話題に出てくるのが三十五歳、総合職の独身女性の存在である。

男女雇用機会均等法が一九八六年に施行されてすでに三十年が過ぎ、その間二度細かい改正がされ、性差別の禁止や出産、育児についても女性に多く配慮されるようになった。セックスハラスメントの対象が男だけでなく、女性から受ける男のセクハラ犠牲についても雇用主は考慮に入れなくてはならなくなった。三十五歳の女性上司から酒場に連れて行かれて叩かれた、といった具合である。ここでも何故か、三十五歳という年齢が飛び出してくる。

しかしながら、セクハラ撲滅と簡単にいうが、男から女性へのいわれなき性差別はずっと続いているし、それは品性のない男がどの会社にも必ず幹部として存在していることに原因がある。これは厚労省でもいかんともしがたいことである。週刊誌での告発を待つしかない。施行以後十年も経つと女性の方でも、均等に仕事するということ、それは総合職への挑戦であり、総合職には男子社員と同じように昇進も早いが転勤もあり、ときには残業も強いられるという事情がだんだんわかってきた。

そのせいか、ここ数年では結婚後もずっと同じ会社に勤めていたいという希望者が増えて、総合職より転勤のない一般職を求める新卒者が目立つようになってきたそうである。給料は総合職より劣るが、転勤がないので子育てにも都合がいいし、女性の親も近くに娘がずっといることを望んでいるという。

だが、私が関連している出会いのサイトは、真剣に結婚相手を求めている男女を対象にしており、会員になるための敷居も高い。女性に関しては二十五歳から三十五歳までの総合職についている人という厳しい縛りがある。すると当然有名大学卒業の女性が多くなる。

ここに至って三十五歳総合職の女性のテーマが浮上する。ひとことでいって、むつかしい年齢であり、会社での位置づけをみても、仕事を取るか、結婚をとるか、という問題にモロに直面することになり、それに関して質問を受けた当方としても簡単に意見をいうわけにはいかない。恋愛に関しては他者が入り込む余地はなく、質問した本人自身、大抵その時点で結論を出しているのである。

三十歳で東京から熊本に転勤の辞令を受けたある大手製薬会社の女性は、男との結婚を考えて悩んだ末にそれまでのキャリアを棄てて会社をやめた。その後、女性は婚約間近だった男と破局し、元の会社の幹部の協力を得て自分で起業した。五年後、三十五歳になる彼女はセクハラや転勤に悩むことはなさそうだが、経営者と主婦、という新たな生活と向かい合うことになりそうだ。楽天家なら、それもよいわ、と明るい未来を思い描いてフフフと微笑むところである。

今回私が書こうとしていたのは、男女雇用機会均等法にまつわる人生模様ではない。結婚相手との出会いの場を提供するサイトから「年下の独身男性は三十五歳の年上の彼女たちを結婚の相手ととらえているか」という質問をされて、「女の魅力次第」と舌打ちしながら大雑把に答えたあとで、ひとりの女性の面影が浮かんだことについてであった。

その人は女優さんだった。

二十代のある時期、私はテレビ局で一年半ほど働いたことがある。その途中で担当したドラマに出演していたのがSさんで、私が中、高校生の頃はスクリーンで輝くばかりの可愛いらしさを放っていた。魅惑的な悪女という言葉がそっくりそのままあてはまる女優だった。

日本映画が斜陽になるとSさんもテレビドラマに出演するようになった。私が担当したドラマではヒロインではなく、その友達役だった。

ヒロイン役の女優には仕事として接していたが、かつて憧れたSさんに対してはいつもどぎまぎしていた。だがそのテレビシリーズの途中で私は組織を離れる気持ちを固め、局をやめることにした。Sさんに挨拶にいくと、ちょっとあらぬ方に視線をやってから、「終わったらお寿司食べにいかない、ふたりで送別会しよう」とふいにSさんが言った。もうどぎまぎすることはなくなっていたが、ふたりでお寿司を、と言われたときは背中が熱くなった。

Sさんは先に寿司屋にいって待っていた。酒を飲みながら若い頃スクリーンで眩い肢体を見せていた頃のSさんの撮影エピソードを随分聞いた。素裸にバスタオルを巻いただけの姿で、その後スーパースターになった男優の顔の上をまたいだときはさすがに恥ずかしかったそうで、撮影の後で相手の男優に「見たでしょ」と問い詰めたら「つい目を開いてしまった」と答えたという。

「まだ若かったからできたのね」と言ってSさんは笑っていた。いくつだったんですかと聞いたら二十三歳だったかなと答えた。するとその映画を見たのは私が中学生二年の時だったから、

Sさんとはわずか九歳しか離れていなかったことになる。男女間の年齢がいきなり縮んだようだった。

Sさんが随分年上のある映画監督と結婚したのは三十四歳のときだったという。Sさんは初婚で相手は再婚だった。三十四歳になるまで、なぜSさんが独身でいたのか私は尋ねなかった。それは三十八歳の結婚している女性に対して、「まだ子供ができないの?」と聞くことと同じほど無神経なことだと思っていたからだ。だが、別れ際にぽつりとひと言口にしたSさんの呟きが四十五年たった今でも私の脳裏に残っている。

「高橋君、女の子を口説くのに自分の夢を語ってはダメよ」

ドキリとした。男の夢、が風船の中に入って青い空と白い雲に向かってふらふらと飛んでいった。

Sさんは若い男の思いなど気付かない様子で片手に頬をあずけて視線を落とした。

「……あーあ、いつまでこの仕事をしなければならないのかな」

そのときのSさんの表情は……そう、俯いて呟いたときの表情は、彼女自身が深い井戸の底を覗き込んでいるような、なんだか怖くてすさまじいものに見えた。その正体が何だったのか、私にはいまだに分からずにいる。

「腰痛指南」と「免疫力」

一九七五年五月五日の夜中に激痛が起きた。四十二年前のことである。腰がきしみ、右の腰からつま先にかけて鉄条網で内側からしごかれているような痛みに飛び起きた。それが私の腰痛初体験である。

すさまじい痛みの洗礼だった。翌日からマッサージ師や鍼医者が部屋に診療にきた。畳に座って本を読み続けたことが原因で座骨神経痛になったといわれた。近くの整形病院にも通った。ぬり薬をもらいマッサージをされたが二カ月で放棄した。右足が痛くて動くことが出来ず、かろうじてナメクジのような歩みで道を歩くことしかできなかったからだ。医者に「決定打不足だ」といったら「決定打不足……か」と呟いて苦笑した。それから居直ったように、腰痛は治らないんだといった。

二十七歳の青春がお先真っ暗になった。以来、腰痛との戦いが始まったが、無責任な整形外科医のいった通り治らなかった。

鍼医者には十以上かかった。一回の治療費が一万円の全盲の鍼医者のところにもタクシーで毎週通った。なんせ世界的なピアニストから依頼を受けてニューヨークまでファーストクラスでいくほどの人だった。だが治らなかった。それに新人作家には経費がかかりすぎた。

激痛に襲われて眠れない夜が続いていた。右足の付け根から下を切ってくれと家人に叫んで困らせたこともある。週刊誌に腰痛で悩んでいると書いたら色々な人がこの人はいいといってきてくれた。それでどこにでも行ってみた。

背中に十字を描いて直すという超能力者のところにもいった。長蛇の列だった。弟子が出てきて指先で背中を一分ほどなぞった。一回一万円の治療はそれだけだった。ばかにするなと怒鳴って帰ってきた。「カイロプラクティック」というタイトルで本を書いた人がいた。行ってみるとそいつは医者でも何でもなく単なる柔道整復師で医者のフリをしているだけだった。だが本を出版した効果で患者が全国から来ていた。治療費は一回十分で五千円。毎日現金で四十万円懐に入っていたという。ところが国税局の査察が入り、脱税であげられるとあっという間に波は引いた。

骨盤矯正法を出版した著者のところでは一カ月入院した。だが、この人は強制わいせつ罪で被告席に立たされ、その後はどうなったか分からない。つまり「ダマされたと思っていってみてください」といわれて行ってみたら全部ダマされたのである。

強制わいせつ罪といえば、西武沿線の沼袋に住んでいた二十代の終わり頃、通っていた鍼灸師のところにスチュワーデス(と当時はいわれていた。夢のある言葉であった)を連れていったことがあった。鍼灸師は六十歳くらいで当時の私からみれば老人だった。彼は盲目であったので、紹介した女性が美人であることは分からなかったが、抜群のプロポーションであることは触診で分かる。彼女は常々腰痛を訴えていた。

治療の間、私はカーテンの陰にいた。終わって外に出て、どうだった、と聞くと彼女は静かにすすり泣きをしだした。数分間たってようやく彼女はこういった。

「治療の途中で裸にされた。下着も取り払って、私の恥部を触ってきた。ごしごしと指で強く揉んでいた。鍼をしたのかどうかわからなかったけど、すごくいやだった。絶対に許せない」

若かった私は激怒した。信頼していた鍼灸師の裏の顔を見た思いだった。すぐに戻り老鍼灸師を問い詰めた。そんなことはしていないし、それは治療の一環だといった。老婦人が出てきてそれは患者の勘違いだと追随した。では警察署にわいせつ罪で刑事告訴する、これからすぐに彼女と訴え出る、と私は怒鳴った。嘘だ、嘘だ、と言い続ける鍼灸師の指先が大きく震えていた。

「盲目だからとこれまで見逃してきた人は多いだろうが、おれは違う」

そういって出てきた。表で待っていた彼女は刑事告訴はしたくない、といった。ならば表にわいせつ鍼灸院と書いて貼ってやろうと私はいった。老婦人が出てきて、今度は平謝りにあやまった。治療代も返すといった。いったが実際にお金は返してこなかった。老鍼灸師は震えていたのか最後まで出てこなかった。私は文房具屋でマジックインキを買い、A4の紙に起きたことを書き記してその家の玄関の戸に貼り付けた。そうしている間に老婆がひとりやってきてその張り紙をちらりと見て、何事もないように入っていった。ああいうわいせつ鍼灸師を好む人もいるのだなと私はようやく悟った。

三十歳半ばになったある晩、救急車で運ばれて広尾病院に入院させられたとき、椎間板ヘルニアの手術をすると外科部長からいわれた。同じ病室に、手術したが痛みが前よりひどくなって再入院した人がいた。

「背中を開けるのではなく、開腹してまず胃袋を外に出し、その上で手術をするのです。その方が他の神経に触る危険がないといわれたが、結局この様だ」

それを聞いて、業腹な外科部長の固太りの顔が思い浮かび、最早これまでと逃げ出した。ひとりでは立って歩けないから草野球チームの者を呼んで、みなに背負ってもらった。

そんなある日のことだった。腰痛でゴルフボールを拾うこともできないというのに、それでも練習場に通っていた私は、ゴルフのレッスンプロが、仙人みたいな爺さんに腰痛を治してもらった、と誰かに話しているのを聞き込んだ。場所を尋ねると、「高尾の踏切を渡った最初の細い路地を入っていくと、Yと小さな表札が掛かったしもた屋があってよ、治療院とも書いてないから分かりにくいよ。でも腕は確かでイッパツで治ったよ」と笑いながらいった。

さっそく高尾山の麓にいた老人を訪ねた。老人はほとんど目が見えないようで、「よくお訪ねくださいました」と畳に両手をついた。それから、どこが悪いかとも訊かずに、では触らせて頂きます、といって背中をさすりだした。その手が腰にきたとき、ある一点に指を置いて止まった。

「ここの骨がずれていますね。二十年くらい前に小さな骨が飛び出していますよ」といった。

「では入れてみましょうか」と何気なくいうと私に平泳ぎするみたいな態勢をとらせると、数秒間揉んでから、仙骨をぎりっと動かした。

「入りました」

そういうと、老人は手拭いで額を拭った。

「もしかしたら久しぶりで納まったのでまだ居心地が悪く、飛び出すかも知れません。蜘蛛の巣の張った部屋に住んだようなものですから。一週間後にもう一度来てください。様子をみてみます」

私は三千円を支払い、なんとなく落ちつかない気分で庭に瓢箪のさがる家を辞した。一週間後に行くと、腰をさすっていた老人は「大丈夫です、ちゃんと入っています」といった。そして私は再び三千円を払った。老人は膝を畳について拝むように札を受け取った。以来腰痛とは無縁になった。仙人みたいではなく仙人そのものだった。

その仙人が亡くなってすでに十五年が経つ。腰痛より、ここ数年は肝硬変による血行不良で足がむくみ歩行困難にさえなる。ときには膝から下が痙攣したあげく、岩盤のように固くなり、その激痛に涙を流して耐えている。その苦痛から救ってくれたのは、以外にも、自宅から五分のところで開業している若い整体師だった。元アメフトの選手だったというF氏は、私の腫れた脾臓をなだめ、血行をよくし、歩行すらままならなかった私にゴルファーへの希望をもたらしてくれた。だが、一日五人しか患者を取らないので、予約もままならない。それで、行かない日が続くと、以前のような痛みとは違うが年齢からくる衰えで疲労性腰痛に悩まされるようになってきた。

その痛みを感じるたびにあの仙人と出会えたことの不思議さと運のよさを噛みしめている。出会えなければ、訳のわからない手術を受けさせられた私は、若くして半身不随か、よくてようやく杖をついて歩ける生活を強いられていたはずなのである。

仙人はいなくなったが私は毎朝起きると、仙骨に無限大マーク「∞」を描いて腰を回すことをしている。それこそが、ある日忽然と去っていった仙人直伝の自己治療法なのである。

夢で会うより、今は呑みたい

夢を見ると出てくる酒場の一角がある。別言すれば夢の中でしかその酒場には行けないのである。私は真面目に夢を見る方なので、夢の中に埋没してしまう。それで、その酒場の一角も夢の中にあるとは知らずにそぞろ歩きをしていた。「まだ夕方の四時なので開店まで一時間くらいあるな、どこかで時間を潰そうか」といった具合である。多分、六年くらい見続けている。

その飲み屋街には角にそって数軒店が並んでいるが、そういった飲み屋が夢の世界の構築物だと気付いたのはごく最近のことである。それが夢だと長い間気付くことがなかったのは、多分、夢から覚めると、「よく飲んだなあ」と以前は満足して起きあがり、禁酒後は後悔しきりで、それきり夢を見たことを忘れてしまっていたからであろう。まことにノンキで安上がりな飲兵衛であった。

夢の中でしか行けない場所はほかにもあるようだが、ここは酒場に集中しよう。その目玉ともいうべき小料理屋にはモデルがあって、二十五年ほど前まで住んでいた仕事場の近くにあった。カウンターが六席にふたり用の小上がりがあるだけの面白くもおかしくもない店で、無愛想な女将は料理が下手だった。

夢の中の飲み屋街には若くて美人の女将が店を出しているところもあり、そこはいつも繁盛している様子だった。だが夢の中の男は年寄りで無愛想な女将の店を愛用していて、仕事の打ち合わせもそこでやり、「面倒だあ、デートもここじゃ」などと喚いて若い子を連れ込んでいた。

ところがある頃からその店が客を拒みだした。硝子越しに女将がいるのが見えるのに硝子戸が開かれないのである。女将もこちらをみようとしない。それである朝、夢を見ていたことに気付いた。

そうか、あの女将が死んでもう七年がたつんだな、と。女将は七十四歳で亡くなったが、私の仕事場が変わったため亡くなる三年ほど前から足は遠のいていた。

こういう夢に対してユング様にご登場をお願いする必要はない。分析家は人の夢をこねくり回して自己満足していればいいのである。私は作家であるから別のことを考えていた。あの不細工な女将は夢の中で私に「命にかかわるから出入り禁止」とメッセージを送ってきていたのだろうか、と。

夢をテーマに筒井康隆氏は「パプリカ」を書いた。精神療法が元になっていて、天才科学者が他人の夢の中に入り込む装置を発明して、ついには互いの脳に互いの夢を伝達してその意味を探り出すのだが、これは読んでいる方がおかしな気分になった。

故吉行淳之介氏も夢をノートに書き込む作業をしたことがあったが、自分で吹き込んだテープレコーダーに「眠いなあ」という呟きが入っていたりしててんで作品化はできなかったそうである。話は違うが別の本で筒井氏は「作家の悪夢とはある朝目覚めたら無名の自分に戻っていることである」と書いている。

奇しくもその「悪夢」の一端を味わった私は、夢の中では閉ざされた小料理屋を、現実には蹴り破ってドアを開き、禁酒を解禁しようと画策しているのである。命がけの禁酒破りである。

ことに旅先の小料理屋にふらりと入り、年配の女将の出してくれる手料理をつまんでいるときなど、「なんでお茶なんか飲んでいるんだ。こんなうまい手の込んだ肴にはおちゃけだろう」と胸の中ではぶつぶつと呟いているのである。実際、まことにバカバカしいことこの上ない。

それほど頑張って断酒して四年半を迎えた六十八歳の夏、私は空腹時の血糖値が２００を越える日が続き、毎朝だるくて仕方なかった。なにをする気もおきず、朝の体操すらするのがきつかった。肝硬変のせいだと分かっていたが、だからといってだるくて寝ていることしかできない自分をたびたび呪った。

秋風が吹くようになっても血糖値は高値を維持したままだった。株式じゃあるまいし、ふざけるな、と私は我慢を強いる自分に癇癪を起こした。そんなある夜、自宅の駅裏のさみしい通りに一軒だけあるスナックに立ち寄った。マスターとは十七年来の顔見知りで、元々漁師だった彼から誘われて平塚から釣り船に乗って釣りをしたこともあった。もっとも私は彼が家に迎えにきたとたんに缶ビールの栓を開き、船中でも呑んでいたので帰りにはすっかり酔っぱらってしまった。

そういう楽しい思い出のあるマスターがやるスナックなので断酒中は危険を感じて近づくことはなかったのだが、なにせその夜は癇癪を起こしていた。しかもカウンターにいたふたりの女性が丸い大きなグラスにいっぱいの氷を入れた飲み物をおいしそうに呑んでいる。魔が差したのではなく、永い間の断酒ストレスがそうさせたのである。私は同じ飲み物を頼んでいた。それはカチカチジントニックで氷がグラスから溢れていた。

一口呑んで、唸った。命を賭けて書いた本が売れない、出版社が倒産して印税が焦げ付いた、娘の株式口座の残高が危険水域にあるのは父である私のせいだ、といったストレスにいつのまにか苦しめられていた私は、その一口で一気に解放された。その夜はその一杯だけで満足して夜の家路についた。

それから一週間後に計った血糖値はなんと１００を切っていた。数年ぶりで正常値になっていた。これは何かの間違いだと思い、浮かれてジントニックを呑んだりせずに、できなかった仕事をしようと考え、実行した。

その月の空腹時血糖値の平均は１０２だった。高血糖の原因は断酒厳命のストレスのせいだったのだ、と思った。なぜなら白血球の自律神経支配の法則に則れば、ストレスがリンパ球を殺してしまうからである。そうなれば血糖値は上がる。リンパ球こそが人間に免疫力をつけるのである。殺してしまっては元も子もない。

そういうわけで、ストレスが一杯のジントニックで消え、私は「図書」の連載エッセイを書きだした。

酒で一度死んだ人間が再び死にそうになったら、一杯の酒を鼻先につきつけてやれば一端は生き返るのである。これは残された命の中で叡智を磨く、私なりの幸福道である。

娘に伝えた、月になれという言葉

秋篠宮眞子さまの婚約者、小室圭さんは眞子さんを「月のように静かに見守ってくださる存在」と表現したという。それを聞いて、あ、秋篠宮さまはおれの本を読んでくれていたに違いないと私は都合よく思ったものである。それをある日、娘の婚約者にそっと伝えたのだと。

皇位継承順位が二番目にあるお方が、あんたのような無頼作家の本を読むわけないだろうと、一般の人は叱るだろうが、秋篠宮様はとても読書家であり、その読書範囲も広い。娘を思うのなら、読んでおられても不思議ではない。とまあ、これは手前味噌を承知で書いているのである。

その本とは『こんな女と暮らしてみたい・最終版』(KKロングセラー社)で正直にいうと、結婚をする私の娘に向かってオヤジとして言いたかったことを書いて出版したものであった。恋愛論というより、「あまり愛しすぎないように」と心の人生訓を書いたものだった。もともと、何事も「あっさりと愛す」というのが私の思う、人生を愉しく過ごすコツだったのである。

その中に「月になれ」と父親が呟く言葉が出てくる。

父親というものは娘が幼い頃には、将来のことを心配してときには心が痛くなるものだが、私もそのひとりであった。娘は目立って美しい子で、剣道美少女として雑誌に取り上げられてしまったこともあった。それは中学の都大会で三位に入賞したときのことだが、その後高校生になってテレビ出演を許可したことが失敗だった。娘はその頃からあからさまにいじめに遭うようになった。

中学生の娘には彼氏と呼べる者はいなかったし、他の大勢の女子たちもそうだっただろう。中学校までは女子校なのである。ところが高校になると男女共学となり、教室内の様子ががらりと変わった。彼氏を持つ子もでてきたのである。

彼氏がいることを公言する子も中にはいたようだ。そういう女子たちはなぜか群れをつくりたがる。その中でもリーダーっぽい子の彼氏が、あるとき娘に向けて顎をしゃくって、あの子かわいいよな、と彼女に呟いた。男が何気なく口にしたことでも、それを聞いた女子は敏感に反応する。

その日を境に何も知らない娘に禍いが襲いかかるようになった。リーダー格の女子はありふれた容貌であったが、彼氏の発した言葉にすさまじい嫉妬心を呼び起こし、クラスの女子たちに、あいつはあたしの彼氏を誘惑したと噂を流した。

噂は早い。嫉妬から出た怒りは暴発して、クラス中が娘を無視するという冷ややかな扱いをしだした。あいつと絶対に口をきくなという命令が下されたという。

担任に訴える女子もいたがその若い担任がいけなかった。テニス部の顧問をしていたので、体育教師であるその女性の先生の授業ではテニスに時間を割くことが多く、そのためテニス部の女子は点数が高くなる。他の生徒はテニスが初心者の子も多く、点数が辛くなり、えこひいきがすごすぎると生徒から苦情が出ていた。だが、教頭が注意をした形跡はなかった。

生憎、担任は醜女といっていい程の容貌で、おまけに短足で、およそ体育教師にはみえなかった。男とも無縁だった。いつしか性格も歪んできたのだろう。その歪んだ性格が娘にいやがらせをするクラスの生徒を抑えるどころか、いじめをあおる側に回った。

この女教師は親である私のところにも電話してきて、春休みに外国に行くと聞いたがそれには許可証がいる、それが出ていないから行かせない、と訳の分からないことを言ってきた。校長に問い合わせると、そんな許可証は必要ないという返事だった。この女はおかしい、と当然親なら思うはずだ。

その間も娘に対するいじめは続いた。同じクラスに剣道部の子はおらず、娘は孤独だった。

この頃娘は自殺を考えた。

だがそんな四面楚歌の娘をクラスの男子が救ってくれた。ある日彼はクラスのみんなにこう言ったという。

「おまえらがこれからも高橋に対していじめを続けるのなら、おれはおまえらを無視する。こんなくだらない女の嫉妬に巻き込まれるのはもうたくさんだ。分かったかバカ野郎ども」

スポーツマンであった彼の言葉にクラスの者はシュンとした。それ以来いじめは止んだ。ごめんなさいと娘にあやまりにきた子もいた。男の子の中にはこんな心意気を持ったやつもいるのである。

その娘は結婚披露宴のとき、父親の私に書いた手紙を読み上げた。こんな内容だった。

「小学生の私にひとり旅に出ろといったり、留学しろといったりする父は、私のことを嫌っているのだろうかと思っていた。でも大きくなるにつれ、父の思いが少しずつ理解できるようになりました。各分野で活躍する様々な人が集まるパーティに連れて行ってくれたり、銀座のクラブにも行きました。二十そこそこの娘がクラブにいけることはあまりないと思います。面白い経験を積めた私は幸せだった。でもパパは連れているのが自分の娘だとは人に紹介しないので、ときにはパパの愛人だと誤解されたこともあります。でもそう思われるのも悪い気分ではありませんでした」

場内は笑いに包まれた。

その夜、私はひとりでウィスキーを呑みながら娘に手紙を書いた。

「おまえが生まれてひと月後のことだった。初めておまえを抱いてベランダに出た。月が出ていた。冷たい風が頬に心地よかった。そのとき、太陽にはなるな、月になれ、という言葉が父の口から自然に出てきた。『人々が寝静まったとき、屋根屋根にそっと柔らかい光を投げかける、月になれ』。あれから三十年。父はいまだに月の光を見上げると、つれなさそうな目で父をみていた、娘のつぶらでさみしそうな瞳を思い出して、感傷的になる」

楽天家は運を呼ぶ（後書きに代えて）

私はいつの頃からか、宗教を持つことになった。それは日本古来の宗教でも新興宗教でもなく、自分だけの宗教である。それを「楽天家教」と私は呼んでいる。ただし、表だって公言したことはない。これが初めてである。したがって信者は私ひとりである。

楽天、という言葉を広辞苑で引くと、

「1、人生を楽観すること」

「2、自分の境遇に安んじてあくせくしないこと」

とあり、楽天家とは、「楽天的な人」「のんきな人」となる。この中にある「楽天的」とは「人生に明るい見通しを持ち、物事を苦にしないさま」ということである。

一般的には、この楽天家という言葉は、あまりよい意味では使われることがないようである。

「君は楽天的な男だな」

と、上司に口にされると、なにか叱責されている思いになる人が多いのが、その証である。それもそのはずで、口にした上司は、楽天家という言葉を、「君は、会社が直面している困難を全く理解していない、この愚か者め」というつもりで言っているのだから、言われた方では、陰湿な言い方で怒られていると当然感じるはずである。

爬虫類じゃないんですから、そんな嫌みな言い方されなくても、自分の立場は分かっていますよと、文句のひとつもいいたくなるだろう。しかし、上司にそういわれて、そんな文句を思い浮かべる人は本来の意味での楽天家ではない。

ここで、同じ言葉を同僚にいわれると、少し受けるニュアンスが違ってくる。上司と同じように、現実に対してまるで無頓着だという意味で相手がいったにしろ、そんな自分に対して、あきれているというか、からかっているというか、少しは腹をたてているというか、なんともいえない気分がミックスされていると感じられるからである。

あるいは、おれも君のように楽天的になりたいよ、という羨む気持ちで相手がいう場合もあるだろう。まあ、そうでないにしろ、そう受け取るのが、楽天家の得なところなのである。

「あなたは楽天家なのね」

と、恋人か妻からいわれた場合は、それはもう、うんざりする程たくさんの解釈があるので、深く考えない方がいい。なににしろ、誉めたかったり、尊敬の意を表したかったりしたくて、楽天家という言葉を使う女ほとんどいないだろうから。

別言すれば、愛情を込めて、その言葉を男にいう女は特筆もので、その後の人生は、彼女を大切に扱って過ごすべきだ。

そこで楽天家教に戻る。

これは非常に便利で、あらゆることに都合のよい宗教である。

まず、気分がよくなる。いつでも明るい方に目を向けているのだから、少々の困難にぶつかっても苦にならない。つい、なんとかなる、と信じてしまう。

それでいて、楽天家は現実から逃避しているわけではない。さらにいえば、ひどい状況でも、希望を見いだそうとするのは、ボケているからではない。間が抜けているからでもない。そういうこともある、と分かっているからである。

先日会った人で、愛媛県松山市でゴルフショップを経営している人がいた。現在五十歳のY氏は、十七年前の三十三歳のときに、勤めていた旅行代理店を辞めて、突然ゴルフショップをやりだした。妻と子供が三人。ショップを始めた理由は、シングルの人から「ゴルフに没頭できるように、ショップでもやってみろ」といわれたからである。

その当時、Y氏のハンデキャップは10（現在は0）。ただ、週末には添乗員の仕事があり、ゴルフコースで開催される競技には出場できなかった。その頃、あるコンペで出会った四国でも有名なゴルファーからショップの話をされて、そうか、その手があったか、とその気になってしまったのである。

ただ、やり出した時期が悪かった。十七年前といえばＩＴバブルが崩壊して、だれもがゴルフどころではなくなりだした頃だ。とくに地方の産業は大打撃を受けていた。Y氏は仕入れに励み、代理店時代のコネをいかして営業に回った。しかし、経営は少しも上向かず、銀行からの借金返済もままならなくなった。

夜はよく眠れない。開店して五年の間は、よく深夜とび起きて、布団の上に座って腕を組み、どうしたものか、と考えた。色々方策を練ってみるが、世の中はさらに悪い方に地滑りを起こしているのだ。ショップのオヤジに打開策が見いだせるわけがない。

それでどうしたかというと、自殺しようと決意した、わけではない。

「考えても仕方ないから、寝よう」

と、結論を下して布団に潜り込むのである。そんなことを繰り返しながら、十七年がたった。現在二十の長男はJ2のサッカーチームに入って頑張っている。まだまだ先は長いが、息子も希望を抱いてフィールドを走り回っているのである。これは父の楽天的な性格が三人の子供を育てたと私は思っている。

私にも経済状況が悪化した時代があった。九千万円を借金して製作総額一億二千万円の映画を自主製作したのだから、当然家計は圧迫される。さらに映画がコケ、一円の興行収入もなく、年間八百万円の返済を義務づけられたのだから、当時はまだ制度が存在していた禁治産者みたいなものである。家裁が立ち入って来なかっただけだ。

詐欺師でもなく、またIPOを立ち上げて自社株を売り払って二百億円を摑む能力もない私なのである。毎日原稿用紙の枡を一字一字埋めて原稿料を頂いている純文学作家の私に、十五年間も毎月七十万円の返済なんかできるわけがない。死ぬしかないか、とある晩思った。しかし、金のために神様から頂いた貴重な命を抹殺してしまうのは神様に対しても、先祖の仏に対しても失礼なことなのではないか、と月見酒をしながら考えた。

しかし全ては自業自得なのだから、なんとか生きながらえて、せめて娘にだけは借金を残さないようにしようと誠実人生の羅針盤を頭に刻み込み、舵を変えた。どんなに安い原稿料でも、依頼があれば全て受けた。指が腱鞘炎になっても書き続けた。永い、とてつもなくながーい時間はかかったが、五十歳半ばまでに全ての借金は返済しおえた。

しかしその間にも高額なゴルフクラブの会員になったり、カリフォルニアにコンドミニアムを購入してマフィア経営のゴルフ場のメンバーになり、ラスベガスでカジノに興じたりしていたのだから、この男のタガはどこか緩んでいる。なぜか、この男ならいつか奮闘してこのどん底から這い上がってくるだろうと、まるで他人を見るように自分に無責任極まりないエールを送っていたのである。

実はエールを送られた方では迷惑していたのである。

そんな大きな借金でなくとも、その後もよく「やばいなー」と嘆息する場面に出くわすことになった。

卑近な例でいうと、株の投資で損をした私は、個人の預金を全て出しても、発生した追証を解消できない状況に陥ることが、シバシバある。追証とは、株の信用取引で、証券会社に預けてある保証金を超えた損失が発生した場合、追加で返済をしなくてはならないことをいう。

これは現金を追加して返済するしかない。一度発生した追証は、翌日持ち株が奇跡的に値上がりしても、絶対に返さなくてはならないお金なのである。そうしないで放置しておくと、預けてある現物株や保証金を証券会社は勝手に取っていってしまう。人情味がないのはそういう判断はみんなコンピューターがやっているからである。

私は拝金主義者ではないが、お金はほしいと思うタイプである。清貧をむねとしない作家である。だいたい清貧をうたった本を出版するやつは、品性が卑しく、下劣である。

お金はほしいが、印税が入らないので、株で小遣いをつくろうとしたのである。安易な考えだが、銀行に預金するより希望がある。だが、何度か煮え湯を飲まされた。

最初の敗戦は二十年前のことである。長い旅から帰ってきた私は、旅の間に追証が発生し、証券会社に預けていたお金と株券が全てなくなってしまったのを知った。

家族には内緒にしていたので、私は誰にも相談することができず、冷房のきかない居間でひとり嘆息していた。すると、妻がなんとも他人行儀な顔をして、あのね、といって入ってきた。こういうとき、大抵の夫はドキッとするものである。私もいよいよ「来たか」と思いながら身体を起こした。すると妻は手にした書類を私に差し出してこういったのである。

「お母さんからこれあなたに渡してくれって頼まれたの。退職金が一千万円あったので、その内の三百万円をあげたいって。感謝のお礼に」

母は八十五歳で生命保険の外務員を退職した。一回目の退職金は私のアメリカ留学資金に消え、六十五歳で定年退職した二度目のときは孫二人のピアノ代と夫（つまり私の父）の老後小遣い銭に全額を使った。

そして三度目がそのときだったのである。さすがに私もそのお金は使えなかった。でもあのときほど、困惑したことはない。その母が亡くなって九年経つ。好い母親だったなあ、とつくづく思う。親孝行こそが息子が一生をかけてするべきことなのに、九十七歳で亡くなるまで、母にどれだけ孝行することができたのか、そう考えると私はずっと母に護られていたからこそ生きてこられたのだなと感謝するのである。

でも私も一度だけ母に孝行したことがある。芥川賞を受賞したことだ。発表の夜、私は焼鳥屋で飲んでいたのだが、居場所を主催社に知らせていなかったため、私のところに受賞の連絡が入るのに手間取った。そこで主催社側では府中市中河原という、当時は梨畑に囲まれた外灯もない、2Kのしもた屋に住む両親のところに連絡を入れたらしい。

私が焼鳥屋から父のところに電話を入れたときにはすでに父は受賞を知っていた。無名作家と蔑まれて六十八歳になっていた父は割合冷静に、これからが大変だな、と私にいった。お袋はどうしている？　と聞くと、父は一瞬、押し黙った。それから、そっと囁くようにいった。

「おかあさんは仏壇の前に座って泣いている」

その母が息子にひとつだけ羨ましそうにいった言葉がある。

「あんたは孤独かもしれないけれど、本当はたくさんの人に好かれているのよ。あんたは運がいい」

それは大借金返済が始まって間もなくのことだっただろうか。運がいいといった母の言葉を耳にして、突如として楽天家という言葉が耳の中で反響した。

それから、楽天家という言葉が胸の中に潜むようになった。初めの頃は、楽天家という人種がなにか間が抜けているような、単なる怠けものの逃げ場のような気がして、胸の中にいる楽天家志望の男と面と向かい合うのが、気恥ずかしかったようである。

それが時が経つ内に魅力的な言葉として感じるようになり、言葉だけでなく、楽天家こそが人生を楽しく過ごしているように感じられ出したのである。それから人々を注意深く観察するようになった。すると、努力家といわれる人たちより、楽天家と思われる人たちのほうが、とても愉快に人生を過ごしていると気付くようになった。その内、確信した。こいつらは、運もいい。松下幸之助だって九〇%が運だったといっているではないか。

楽天家は自分がいかに努力してここまで這い上がってきたかといった自己宣伝めいたことは決して口にしないのである。

それからは不肖、三千綱も楽天家として生きようと、自らにいいきかせることにした。その内、だんだん楽天家が板についてきたのである。自然にそうなる資質がもともと少しはあったのかもしれないが、天然楽天家というわけでもない。少年のときにはそれなりに屈折し、人との出会いに痛みを感じることもあった。そうでなければ小説を書こうと思ったりはしない。

楽天家として生きることにする前に、そうなればいいな、と思う時期がかなり長かった。その過程では、さまざまな経験があり、屈辱や、ともすれば挫折に近いものを感じることもあっただろう。それでも、ときどき夢のような気持ちのよい雰囲気に取り巻かれているのを知ることもあり、それはどこからきているのだろう、と思い返している内に、おおざっぱにいえば、楽天的に生きようとしていたからではないかと思い当たったのである。そして楽天家が誕生した。

話はここで終わる。開拓するのは個人の役目であり、それ自体が幸せな行動だからである。

それにしても唐突すぎる?

楽天家というものは気まぐれなつむじ風であり、他人に対して決っして責任を負ってはいけない存在なのである。

高橋三千綱

初出

本書の「こうやって生きてきた。」は月刊「図書」に断続的に掲載、「楽天家の人生発見。」は月刊「テーミス」に連載中の「楽天家の人生発見」から選び、大幅加筆しました。

「楽天家は運を呼ぶ」は今回書き下ろしたものです。

高橋三千綱

1948年1月5日大阪府生まれ。作家、高野三郎の長男として生まれる。高校卒業後、サンフランシスコ州立大学入学。帰国後、『シスコで語ろう』を自費出版。早稲田大学へ入学するが中退し、東京スポーツ新聞社入社。1974年『退屈しのぎ』で第17回群像新人文学賞、78年『九月の空』で第79回芥川賞を受賞。83年『真夜中のボクサー』映画製作。著書に『怒れど犬』『葡萄畑』『天使を誘惑』『明日のブルドッグ』『猫はときどき旅に出る』『さすらいの皇帝ペンギン』『剣聖一心斎』『こんな女と暮らしてみたい』など多数。

楽天家は運を呼ぶ

2017年 12月13日　第1刷発行

著　者　高橋《たかはし》三千綱《みちつな》

発行者　岡本 厚

発行所　株式会社 岩波書店
〒101-8002 東京都千代田区一ツ橋 2-5-5
電話案内 03-5210-4000
http://www.iwanami.co.jp/

印刷・精興社　製本・松岳社

ISBN978-4-00-025505-9　Printed in Japan